# IGNÁCIO DE LOYOLA BRANDÃO

**O MEL DE OCARA**
LER, VIAJAR, COMER

São Paulo
2013

© Ignácio de Loyola Brandão, 2012
1ª Edição, Global Editora, São Paulo 2013

Diretor Editorial
JEFFERSON L. ALVES

Editor Assistente
GUSTAVO HENRIQUE TUNA

Gerente de Produção
FLÁVIO SAMUEL

Coordenadora Editorial
SANDRA REGINA FERNANDES

Assistente Editorial
ANITA DEAK

Preparação
ELISA ANDRADE BUZZO

Revisão
ALEXANDRA RESENDE
FABIANA CAMARGO PELLEGRINI

Capa
EDUARDO OKUNO

Projeto Gráfico
EVELYN RODRIGUES DO PRADO

CIP-BRASIL. Catalogação na fonte
Sindicato Nacional dos Editores de Livros, RJ

B817m

Brandão, Ignácio de Loyola, 1936-
    O mel de Ocara : ler, viajar, comer / Ignácio de Loyola Brandão. – 1. ed. – São Paulo : Global, 2013.

    ISBN 978-85-260-1890-7

    1. Crônica brasileira. I. Título.

13-01486
CDD: 869.98
CDU: 821.134.3(81)-8

*Direitos Reservados*

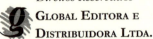

GLOBAL EDITORA E DISTRIBUIDORA LTDA.
Rua Pirapitingui, 111 – Liberdade
CEP 01508-020 – São Paulo – SP
Tel.: (11) 3277-7999 – Fax: (11) 3277-8141
e-mail: global@globaleditora.com.br
www.globaleditora.com.br

Obra atualizada conforme o
**Novo Acordo Ortográfico da Língua Portuguesa**

Colabore com a produção científica e cultural.
Proibida a reprodução total ou parcial desta obra sem a autorização do editor.

Nº de Catálogo: **3528**

*In memoriam*
Para Ray Güde-Mertin
apaixonada pela literatura brasileira
minha tradutora, agente e intérprete
e
Curt Meyer Clason,
tradutor e amigo por 40 anos.

## O Brasil precisa descobrir o Brasil

*O país ficou mais complexo. E posso dizer que ao contrário do que parece, há muita coisa acontecendo fora de São Paulo, fora da Flip, fora do Salipi, de Piauí. Estou vindo de Recife e fiquei encantado com o que vi. Estou vindo de Belém e Manaus e fiquei encantando com o que vi. Há coisas acontecendo no Acre. Estou vindo de Florianópolis e estou encantado com o que ocorre. O Brasil precisa descobrir o Brasil.*

**Affonso Romano de Sant'Anna**
(Caderno da 13ª Feira de Nacional do Livro de Ribeirão Preto, junho de 2013: *Affonso, como você enxerga os movimentos literários atuais?*)

# Sumário

| | |
|---|---|
| O escritor brasileiro, animal de terra, água e ar | 11 |
| Sem a nossa Raynha | 15 |
| Janaina nos devolve dias felizes | 19 |
| Toquei a sumaúma, árvore de 500 anos | 23 |
| Latitude 0° na capital do meio do mundo | 27 |
| Não abrace táxi, junte com cambito | 31 |
| O filhote de pai d'égua | 35 |
| "Eu sou de um país que se chama Pará" | 39 |
| Ariano Suassuna, *pop star* | 43 |
| Caipirosca de pitanga e filé de agulha | 47 |
| Farofa de guisado, inhame e bolo baeta | 51 |
| Um beato de tapioca para o Zé Celso | 55 |
| Um litro de puro mel, que belo cachê | 59 |
| Patolas de caranguejo e ovas de curimatã | 65 |
| Onde alunos leem 20 livros por mês | 69 |
| A plateia que aplaudiu o nascimento | 73 |
| Cabeça de galo e queijo de coalho | 77 |
| Quebra-torto para desentortar | 81 |
| Cêis qui servi ou nóis qui servi | 85 |
| Medir em curvas, não em quilômetros | 89 |
| Estive cara a cara com Deus | 93 |
| Esplendor e glória das salas de cinema | 99 |
| O canto doce e infernal das cigarras | 103 |
| Lua azul na cidade de Rubem Braga | 107 |
| A Pedra do Lagarto foi uma deusa? | 111 |
| O Espírito Santo sobrevoou minha cabeça | 115 |
| Um tango na casa de 75 janelas | 119 |
| As pessoas ainda querem poesia | 123 |

| | |
|---|---|
| Seis filhos aforante os mortos | 127 |
| A cidade onde se anda em diagonal | 131 |
| O homem que não quis carregar o arco-íris | 137 |
| O perfume de um almoço em Vera Cruz | 141 |
| Quantos quilos pesa uma ideia? | 147 |
| Curiosas pontes que a vida constrói | 151 |
| Saltimbancos no interior do Paraná | 155 |
| O fotógrafo que dançava Charleston | 159 |
| Não nos deixam ser alfabetizados | 163 |
| A inutilidade de cérebros pensantes | 167 |
| O mar em Caxias do Sul, cidade sem mar | 171 |
| Literatura vai de menos 1 a 40 graus | 175 |
| As cubanas queriam mesmo aspirina? | 179 |
| O exótico platinado de María Kodama | 183 |
| | |
| Atravessemos o Atlântico | 187 |
| | |
| Você me empresta o telemóvel? | 189 |
| Tivemos de contar o final da novela | 193 |
| O vento tramontano pode me enlouquecer | 197 |
| Dois Loyolas nascidos em 31 de julho | 201 |
| Não se vende a alma de um queijo | 205 |
| Escritor com os cordões desamarrados | 209 |
| Quinze dias fora da bagunça | 213 |
| Literatura brasileira assunto de jornal | 217 |
| Leituras: curiosa mania alemã | 221 |
| Que cidade é esta agora? | 225 |
| Todos deveríamos ser dendrólatras | 229 |
| Os primeiros aspargos da primavera | 233 |

# O escritor brasileiro, animal de terra, água e ar

O mel de Ocara, a pequena cidade do sertão cearense. Nunca vou me esquecer dele e da velha que desejava saber como coloco as letrinhas nos livros. Mas antes de chegar lá, há um percurso. Para que se entenda este livro e o porquê dele. O escritor brasileiro contemporâneo é completamente diferente daqueles que nos antecederam por gerações. Este autor tornou-se um viajante. Saltimbanco, percorre o país contando histórias, falando do processo de criação, discutindo a formação de leitores, comentando ou criticando a ausência de políticas culturais ligadas à literatura. Laptop na mão, cadernetinhas de anotações nos bolsos, atravessa o Brasil conversando, ouvindo, levando informações, conhecendo as diferenças de linguagem, de comida, do matambre gaúcho ao peixe Filhote de pai d'égua do Pará, da muqueca capixaba à Cabeça de Galo paraibana, da Sequência de Camarões santa-catarinense ao Quebra-torto mato-grossense. E tomando sucos (ou caipiroscas) de graviola, pinha, cajá, cupuaçu, acerola, o que seja.

    Este escritor viaja de avião, ônibus, jardineira, carro, entra em hotel, sai de hotel, fala em teatros, circos, auditórios, igrejas, grêmios universitários, quadras esportivas, estações ferroviárias desativadas e transformadas em centros culturais, praças públicas. Sua plateia é de professores, coordenadores pedagógicos, estudantes de Letras ou do Ensino Médio (mas há autores que dominam maravilhosamente o Ensino Fundamental).

    Curiosamente, ótimas plateias são as dos cursos de Exatas, Engenharia, Química, Odontologia, Medicina, Administração de Empresas, Informática. Isso porque relatar a criação acaba fascinando. O autor contemporâneo brasileiro é um misto de falador e escritor, nova raça, animal de terra, água e ar. Ainda é cedo para se saber o resultado dessa espécie dentro do que se produz. Mas certamente é um bicho que conhece cada vez mais a terra em que pisa.

Hoje, é raro o escritor que não faça um mínimo de dez palestras pagas por ano. Há cachês maiores e menores. Quando começamos a percorrer o Brasil em 1975, Antônio Torres, João Antônio e eu, nada ganhávamos, muitas vezes pagávamos nossa comida, nos hospedávamos em casas de professores ou alunos, ou pensões baratas. Atualmente, há feiras de livros promovidas por prefeituras, pelo Estado, pela Câmara Brasileira do Livro, por colégios, centros acadêmicos, associações culturais, secretarias. Há as Bienais de São Paulo, Rio de Janeiro, Curitiba, Fortaleza, Belém, Corumbá, Votuporanga; há a Feira de Porto Alegre, uma das mais tradicionais; há a Jornada de Passo Fundo, que coloca seis mil pessoas na plateia; há a FLIP, o Festival da Mantiqueira, a Fliporto, a Flipiri, o Salipi, a Flap, de Macapá, o Fórum das Letras de Ouro Preto, a Flimar, o Salão de São Luiz e dezenas mais. Assim como existe o Paiol Literário, do jornal *Rascunho*, de Curitiba. E o T-Bone, açougue de Brasília, que montou um centro cultural e colocou bibliotecas nos pontos de ônibus da cidade. E existe o trabalho paralelo de instituições como a Fundação Carlos Chagas, que tem um projeto de distribuir bibliotecas para cidades pequenas do Brasil.

Escritores voam em todas as direções. Por anos, a IBM promoveu um notável evento, o Encontro Marcado, idealizado por Arakén Távora, um pioneiro, que levou autores por toda a parte. Depois a TIM com o Grandes Escritores, do Marcelo Andrade, as peregrinações promovidas pelo Centro Cultural do Banco do Brasil, e as Viagens Literárias da Secretaria de Cultura do Estado de São Paulo e do Sesc. Os eventos nascem, proliferam.

Conheci o Brasil inteiro nos últimos quarenta anos, atravessando em todas as direções, com os mais diferentes companheiros. O que se vai ler aqui são momentos dessas viagens. Não é trabalho acadêmico. São crônicas, quase contos, reportagens literárias, bem-humoradas em que falo da formação de leitores, das curiosidades de cada lugar, do típico ou regional que se mantém, da maneira de se expressar, do vocabulário. E do comer. Come de tudo o escritor de hoje. Da comida de boteco, do pastel de beira de estrada, tão amado por Fernando Sabino, desde que fosse de ontem e frio, às lagostas e patinhas de caranguejo do Beach Park em Fortaleza.

Conheci (conhecemos) coisas notáveis como a Casa Meio Norte, de Teresina, os Quiosques e Casas de Leitura, de Rio Branco, os Barcos da Leitura de Belém e do Amapá, os Agentes de Leitura, de Fortaleza, as bienais fora das bienais em cidades diversas, o Salão no Delta do Parnaíba. Retratos de um Brasil desconhecido, que funciona apoiado em pessoas heroicas que batalham para mudar as coisas. Falo dos bastidores, das ideias originais, das descobertas e de gente que está procurando encantar os outros com a leitura e os livros. Não me preocupei com a cronologia e sim com as situações, os casos. Foram crônicas publicadas no Caderno 2 do jornal *O Estado de S. Paulo*. Aqui está parte do retrato do escritor brasileiro atual.

# Sem a nossa Raynha

Ray Güde-Mertin. Não há escritor brasileiro que não a tenha conhecido, amado, tentado ser representado por ela. Nossa mulher na Alemanha, na Europa. Cada um de nós teve sua história com Ray, um episódio, um momento, instante que ficou no coração, ela era toda sentimento, emoção. Mas sabia ser dura, quando necessário.

Nunca a vi sem o sorriso comunicativo, contagiante. Sempre acreditou nos escritores e na literatura brasileira pela qual era apaixonada, assim como viveu enamorada pelo Brasil. Na última vez em que a encontrei, na Flip, em Paraty, ela confessou no seu jeito risonho: "Finalmente, compramos o sítio em Fortaleza."

Sonho de muitos anos que não chegou a desfrutar. Ray Güde-Mertin morreu aos 64 anos em Frankfurt, em 2007. Doutora em literatura, tradutora, agente literária de brasileiros e portugueses, entre eles José Saramago e António Lobo Antunes. Seu português perfeito era sem sombra de sotaque, suas gírias atualizadas. Falava ainda inglês, francês, espanhol. Representava Saramago muitos anos antes dele ganhar o prêmio Nobel. Em 1983, em Hamburgo, Saramago foi fazer uma leitura do *Memorial do Convento* que tinha acabado de ser traduzido para o alemão. A leitura foi numa livraria, depois todos fomos recebidos para um vinho na casa do editor, honra concedida a poucos pelos germânicos. Num canto da sala, ouvi Ray dizer a um crítico que ainda estava encantado com o ritmo do *Memorial*: "Acredite, o senhor está diante de um futuro Nobel". Ela cantou a bola com duas décadas de avanço.

Ray estava em Frankfurt, na tarde em que Saramago deixou a Feira do Livro e se dirigiu ao aeroporto para voltar a Lanzarote, onde morava. De repente, o celular dela tocou e veio a informação, tinham acabado de anunciar o prêmio Nobel para o português. O táxi deu meia volta e regressou a toda para uma coletiva de imprensa que marcou época pelo inusitado. Ela esteve presente em momentos significativos para cada um de nós, uns maiores, outros menores. Tratava a todos como iguais. Foi Ray quem conseguiu que o escritor João Antônio, em fase de depressão e baixa econômica, fosse convidado para ficar em Berlim com bolsa do DAAD, o que lhe garantiu existência confortável por um ano.

Ray morava em Bad Homburg, onde a aristocracia russa ia jogar no começo do século, tempo dos czares. É uma bonita cidadezinha satélite de Frankfurt, onde Ray e o marido Dietz, ao regressarem depois de anos nos Estados Unidos, compraram uma casa senhorial e a restauraram com elegância. Lygia Fagundes, que tem seus momentos de gozadora, se referia a cidade como *"bad hamburguer"*. Dietz foi um companheiro seguro, forte e sereno, retaguarda confortável e necessária para que Ray ousasse o que poucos ousavam, representar brasileiros, arriscar sempre. Ela não teria sido a Ray que foi sem Dietz. Numa primeira reforma, o porão da casa se tornou apartamento para visitantes, abrigando quatro pessoas com bastante conforto.

Todos conhecem o lugar como "o porão do escritor brasileiro" e ali estiveram João Ubaldo Ribeiro, Márcio de Souza, Ivan Ângelo, João Antônio, entre outros. O português Lobo Antunes sentiu-se tão em casa, que um dia, todo exibido, subiu para o café da manhã enrolado em uma toalha exígua e levou uma dura. Depois, à medida que a agência literária de Ray cresceu, o porão se tornou escritório atulhado de originais, uma vez que ainda não havia computador, disquetes, internet. Naquela casa aconteceram centenas de comidas descontraídas, muitas vezes preparadas por Ray que além de doutora em literatura, professora e agente era boa cozinheira e mãe preocupada. Seus filhos Moritz e Nicolas são adultos, todos vimos os meninos crescerem. A receita do delicioso *Kohlauflauf* no meu romance *O Beijo Não Vem da Boca* foi ensinada por ela.

Naquela casa foram planejadas inumeráveis viagens, palestras, seminários, leituras. Ray acompanhou dezenas de escritores brasileiros por toda a Alemanha como tradutora-intérprete. Uma vez, Lygia, atordoada porque era um tal de subir e descer de avião (ela não gosta muito), entrou em um trem InterCity, o expresso alemão. Sentou-se e suspirou aliviada. Foi quando Ray, olhando para João Ubaldo, Márcio e eu, virou-se para ela: "Aperte o cinto, Lygia. O trem não sai sem ele. É trem alemão". Nossa escritora-mor ficou uns minutos à procura do cinto inexistente, comunicando, transtornada, que a sua poltrona estava com defeito, a Alemanha não era perfeita assim. Ray era dotada de bom-humor e ironia, e Lygia Fagundes Telles sempre se referiu a ela como Raynha. O apelido, carinhoso e nobre, pegou entre nós.

A única livraria especializada em livros brasileiros e portugueses de Frankfurt – que distribuía para toda a Alemanha –, a de Theo Ferrer Mesquita, um pioneiro, teve nela um braço direito poderoso, alavancador. Ray não só traduziu uma batelada de brasileiros para o alemão como convenceu editoras de que a nossa literatura compensava. Enquanto esteve bem, antes que o câncer se manifestasse e começasse a devastá-la, ela foi ativa, brigadora, guerreira entusiasmada, inventando eventos, ações, seminários, cursos. Antes de diminuir a carga e o número de representados por falta de condições físicas, funcionou como uma verdadeira ponte-aérea de escritores entre Brasil e Alemanha. Ela nunca perdeu uma Bienal do Livro do Rio, de São Paulo, de Fortaleza, esteve em todas as Flips, tinha programado a Jornada de Literatura de Passo Fundo para o ano de 2007, circulou nas feiras de Porto Alegre, principalmente quando Mario Quintana estava vivo, ou para visitar Lúcia e Luis Fernando Veríssimo.

Fazia da Livraria Cultura em São Paulo uma espécie de QG, de bússola, e Pedro Herz era seu informante e fornecedor. Ali se abastecia. Quando saía novidade, Pedro enviava. Foi ele quem teve a incumbência de avisar amigos brasileiros na tarde em que

Ray morreu. Mesmo depois da primeira cirurgia, depois da devastação da quimioterapia, ela prosseguiu como se nada tivesse acontecido. Veríssimo disse bem: mesmo sabendo da morte próxima, Ray continuava a sorrir.

    No dia seguinte à morte dela, Lygia me ligou, desolada: "Em dezembro, Raynha me chamou de '*bad hamburguer*' para me abraçar pela morte de meu filho e para dizer que no final do ano viria para cá, queria sentar-se comigo e conversar de mãe para mãe sobre Gofredinho. Ela não veio. Seguiu para conversar diretamente com meu filho".

(26 de janeiro de 2007)

# Janaina nos devolve dias felizes

Assim que entramos, sorrimos. No quadro negro, Janaina Rueda avisa: "Daqui para a frente, somos responsáveis pela sua felicidade." Ela cumpre o prometido. Nunca saímos do Bar da Dona Onça sem um sorriso, sem estar leve, depois da comida seguida por uma cachacinha de primeira ou do ameno leite de onça.

Quando posso, ao chegar escolho mesa isolada. Desta vez, trouxe os cadernos de anotações e pilhas de papéis. No meu computador tenho uma pasta que reúne as crônicas que escrevi sobre os lugares onde fiz palestras. Percorri o Brasil e ao olhar estes papéis e anotações vejo que tenho um pequeno retrato interno deste país. De um Brasil que funciona. Falo de feiras e bienais de livros, falo de escolas e professores, falo de gente criativa trabalhando sem buscar prêmios, reconhecimento, mídia. De pessoas que têm soluções para problemas que nenhum técnico de governo tem. Gente que faz por amor à literatura, aos alunos, ao ensino.

Neste restaurante paulista, enquanto as pessoas não chegam, ordeno o livro. Que irá do norte para o sul, irá à Europa. Devo essas viagens aos livros, meus prazeres e sonhos.

O Dona Onça é especial. Desde meus primeiros dias em São Paulo, no ano de 1957, tenho paixão pelo Centro, vivi seu esplendor, sua decadência, as tentativas de retomada. Tenho fascínio por estas ruas, lugares, edifícios, cantos, becos, recantos, pracinhas, prédios decadentes, hotéis de quinta, pequenos redutos encantados. Hoje no Centro sobrevivem três restaurantes aos quais, a meu ver, claro, se pode ir com segurança de comida e bom atendimento: La Casserole, Gigetto e Dona Onça. Os dois primeiros têm a tradição, o outro chegou para restaurar imagens perdidas.

Dona Onça está no Copan, mítico edifício desenhado por Niemeyer. Deviam tombar o Copan. Pela arquitetura e pelos que ali moram ou moraram. Um é o Pedro Herz, da Livraria Cultura, o homem que desmente uma "verdade" dita e repetida: livro não dá. No Copan morou Madalena Schwartz, lenda entre os fotógrafos paulistanos e brasileiros. Mulher afetuosa, por quem todos queriam ser retratados. Veja seu livro *Crisálidas*, recém-editado pelo Instituto Moreira Salles, obra-prima que retrata como ninguém o que foram os anos 1970. Ali moraram também Ítala Nandi, na fase áurea do Teatro Oficina, e Sérgio Viotti. Poucos imaginam o que seja a visão panorâmica do terraço do Copan. São Paulo se entrega inteiro.

Peço um Mojito, enquanto decido a comida, e relembrei Havana, no ano de 1978, quando lá estive e a revolução era algo a se ver, viver, sentir. Ah, os mojitos do Floridita, da Bodeguita Del Medio, do bar do hotel Habana Libre, antigo Hilton. Esta tarde percorro memórias afetivas. Tinha passado há pouco pela Praça Roosevelt, onde morei dez anos, e senti a diferença. Reformaram. O sombrio e o lúmpen se dissolveram.

Percorri o cardápio e escolhi um prato simples: arroz, feijão, couve, ovo frito e linguiça de porco caseira. Nada mais complexo do que um prato simples. A textura, o sabor, o tempero, tudo tem de ser equilibrado. Assim que a comida chegou, de um perfume intenso, provei um pedaço da linguiça, vi sentarem-se à minha frente minha avó Branca, mãe de meu pai, e a tia Mariquinha, mulher de meu tio avô, Juca Maria, lá de Vera Cruz. Elas se foram há dezenas de anos, mas zelam por mim.

As duas contemplaram o prato, olharam uma para a outra e sorriram. Como se dissessem: "esse mocinho moderno pensa que vai comer o que já comeu, quando éramos nós que fazíamos". O mocinho moderno sou eu, nesta venturosa idade de 76 anos. A primeira garfada da linguiça, misturada à couve e ao arroz, e com um toque de pimenta comari, me fez levitar. Senti a felicidade pairando. Vovó e Tia Mariquinha olhavam. "Não pode ser igual ao nosso!" Disse que sim, era o mesmo sabor, o tempero, e a memória afetiva me levou àquelas mesas de infância e juventude, quando tudo era feito no fogão de lenha. Elas exultaram: "O mundo não está perdido". Garfada por garfada mergulhei em tempos que se foram e compreendi o que Janaina faz. Recupera uma cozinha, uma culinária que parecia perdida. Arqueologia e atualidade.

Resgata com sofisticação, de maneira que me delicio ao encontrar/reencontrar meus pratos. Ali, minha mulher – outra geração – lambe os beiços. Minha filha, muito mais nova, se regala. Janaina refaz tudo, mantendo gosto, sabores e cheiros. Antigo e atual. Antigo e futuro. O passado permeia, mas é puro presente.

Houve época em que havia poucos *chefs* com um picadinho tão perfeito quanto o do Clubinho dos Artistas, junto ao Instituto de Arquitetos do Brasil, e o do Baiuca, na Praça Roosevelt. Imbatíveis. No Clubinho, todas as noites, fins dos anos 1950, conversava com Mário Donato e seu irmão Marcos Rey; com Sérgio Milliet e Clovis Graciano, com Rebolo, com Mário Gruber, com o pianista Polera, com os irmãos Arnaldo e Oscar Pedroso Horta, um crítico de arte, o outro foi ministro do Jânio Quadros e o homem que levou a célebre carta renúncia ao senado. Havia também uma jovem escritora, chamada a Françoise Sagan brasileira, Maysa Strang da Rocha.

Clubinho e Baiuca fecharam, mas redescobri o mesmo picadinho no Dona Onça e ali me refaço e permaneço. Não sinto falta de nada do passado, em questão de sabores. Eles me acompanham, me procuram.

Acho que há pessoas felizes. Janaina Rueda é uma delas. Tenho certeza que ela se ilumina ao nos contemplar diante de sua comida. Feliz é quem faz os outros felizes, quem cuida da alegria e bem estar dos outros. Como tenho um primo-irmão gourmet, grande cozinheiro, o Zezé Brandão, comentei com ele aquele momento feliz. Ele me respondeu: "Tenho pelo Dona Onça e, portanto, pela Janaina, o mesmo afeto. Ela refaz, na cozinha, o tempo que passou. E nada é mais terno, mais generoso, mais delicado, do que devolver ao outro a memória de dias felizes, ainda que supostamente felizes – a lembrança diz o que fomos e revivê-la diz o que somos (afinal, se lembramos é porque nossa humanidade está preservada – as coisas findas, muito mais que lindas, essas ficarão)."

Agora que comi, viajemos a partir do Norte e descendo até Montevidéu, depois atravessemos o oceano, esquecidos de cronologia. O que interessa são os fatos, as histórias.

(7 de setembro de 2012)

# Toquei a sumaúma, árvore de 500 anos

MANAUS – Ao acordar cedo, porque madrugo, ia para a varanda do camarote. As manhãs eram cinzentas, carregadas de nuvens e eu pensava: não pode chover hoje. Depois, vinha o sol. E que sol! Olhava para a frente e dava com a margem distante, uma fina linha. Olhava para a direita e para a esquerda e tudo o que via eram as águas escuras do Rio Negro correndo mansamente. À nos cercar, ao longe, a floresta espessa.

As aulas de geografia estavam distantes, tinha me esquecido de que Manaus fica no Rio Negro e que este se dirige ao encontro do Rio Solimões para formar o Amazonas. Ansioso por ver essa união, mas não adiantava, o jeito era esperar, veríamos o encontro das águas somente no último dia. Pela minha cabeça passavam imagens, eu visualizava Milton Hatoum brincando por aqui na infância. De que brincava? O que significa ter crescido nesta paisagem avassaladora? Como imaginar que estes lagos imensos, na "seca" desapareçem e restam extensões de areia? Tudo é mistério para minha cabeça paulista.

Apesar de estar em plena cheia, com o nível das águas muito alto e ter cidades inundadas, populações em estado de calamidade, o rio flui tranquilo. Ou assim se comportou apenas nestes 300 quilômetros em que navegamos para lá e para cá? Nesta semana em que participei do Navegar É Preciso, criação da Livraria da Vila, invenção do Samuel Seibel, me dei conta de como somos ignorantes em relação ao Amazonas. Tão ignorantes quanto esses que redigiram e aprovaram o novo Código Florestal, que a presidente deveria vetar, num gesto de sabedoria e amor à pátria. Aliás, os que redigiram e aprovaram não são ignorantes, são espertos, manobradores e oportunistas em relação ao Brasil.

Quando me perguntam o que devo à literatura, respondo: o conhecimento do país. São meus livros e escritos que me têm conduzido incessantemente da embocadura do Parnaíba no Piauí a Rio Branco, AC, a Passo Fundo, RS, a Joinville, SC, a Votuporanga ou Igarapava, SP, e assim por diante. Por toda parte, a nossa realidade multifacetada. Salipis, Flipiris, Flips, Jornadas Literárias, bienais, feiras. No entanto, Navegar É Preciso é um evento diferenciado. A cada dia, enquanto o barco desce ou sobe o rio, escritores se revezam em conversas, depoimentos, debates, perguntas e respostas diante de centenas de pessoas.

Como ninguém sai do barco, o convívio prossegue durante o dia, no restaurante, nos almoços e jantares preparados por *chefs*, ou no *deck* superior no fim da tarde, com lanches leves e aperitivos, ou à noite (e foram noites de luar), quando bebidas geladas amenizavam os lamentos do corpo diante daquele calor úmido.

No Iberostar Grand Amazon, um minitransatlântico de quatro andares, éramos Valter Hugo Mãe, Edney Silvestre, Nilton Bonder, Clarice Niskier, e eu, nos revezando. Ou seja, entrevistei Valter Hugo, e ele entrevistou Edney. Edney me entrevistou e Clarice entrevistou Nilton Bonder. Duas vezes Clarice nos seduziu. Quando fez uma leitura dramática de *Eu Matei Sherazade* e quando representou *A Alma Imoral*, de Bonder, que nos obriga a pensar e repensar sobre vida, alma, Deus. No fim da semana, um *pocket show* dos Barbatuques que nos cativou. Música sem instrumentos, apenas com as mãos, o corpo, a boca.

Todos puderam falar de sua obra, personagens, vida, memórias, manias, alucinações, fantasias, ao mesmo tempo que o público perguntava, questionava. Em dois dias de viagem, todos já tínhamos a sensação de que éramos um grupo de amigos e parentes de longa data. A literatura nos torna amigos e parentes com quem convivemos ao longo da vida.

Em todas as refeições, peixe. Costelas de tambaqui e pirarucu, tucunaré, matrinchã, grelhados, assados, fritos, em caldeiradas, com sucos de cupuaçu, graviola, manga ou dezenas de outros. Na última noite, quando a melancolia da partida se entremostrava, lagosta à termidor e vinho branco espanhol. Mas havia carnes, saladas, massas, o que se pensasse. E pimentas das boas.

Nos intervalos, as lanchas, chamadas "voadoras", nos conduziram pelos lagos e igapós (riachos que conduzem aos igarapés, que conduzem aos paranás, aos furos, aos igapós, a terminologia fluvial tem de ser aprendida) da região das Três Bocas, de Trincheira, da Praia do Tupé ou em Nova Airão, onde vimos os botos cor-de-rosa vindo comer na mão de meninas. Somente ali compreendemos o mito do boto, sua intocabilidade, quase divindade. Vimos pássaros e animais de todos os tipos, uma fauna que vive no alto das árvores, vimos os olhos dos jacarés à noite. Antes de atingir a sumaúma, uma árvore de cinco séculos, imponente como uma catedral. Toquei o tronco e nesse momento meu avô José Maria me veio à mente, ele teria chorado, era marceneiro. Ficamos esmagados – mas não de maneira desagradável, por paradoxal que seja – diante de uma árvore desta, majestosa. Como se pode passar a motosserra numa majestade assim sem sentir nada?

Certa tarde, Samuel, nosso guia, parou junto a uma vegetação fechada no Rio Ariaú, próximo ao hotel de mesmo nome que fica encravado dentro da selva. Silenciado o motor, uma folha se abriu e surgiu a cabeça de um macaquinho amarelado. Saltou para dentro da lancha. Em minutos, tínhamos macacos-de-cheiro (ou macacos Jupira) por toda parte, em nossas cabeças, ombros, colos. Foi lindo ver macaquinhas que recém-pariram com filhotes minúsculos agarrados às costas, enquanto saltavam e guinchavam. O guia lhes deu bananas. Somente os guias podem fazer isso. Somos proibidos de alimentar qualquer animal ou pássaro. Assim como ao andar pelas trilhas não podemos colocar as mãos nos troncos (e se houver uma taturana? Uma aranha?), agarrar cipós que pendem ao nosso lado, arrancar galhos ou folhas.

Em Nova Airão, na Fundação Almerinda Malaquias, uma ONG que faz as vezes de Senac, ensinando ofícios e artesanato às crianças, sem auxílio governamental (ali nem dá voto, nem há chance de desviar dinheiro, a instituição tem endereço e trabalho), dezenas de crianças mexem com todo tipo de material e preparam-se para o futuro. A Velha Airão foi tomada e destruída pelas formigas, seus habitantes tiveram de se mudar. Na Fundação, os galpões cheiravam a serragem, tocos de madeira por toda parte, serras de fita, instrumentos de marceneiro, plainas, arcos de pua. Súbito me vi na infância, na oficina de marcenaria de meu avô, José Maria. O passado vem nos buscar onde quer que a gente esteja.

(18 de maio de 2012)

# Latitude 0° na capital do meio do mundo

MACAPÁ – Equilibro-me sobre fina barra de ferro, tentando manter-me em pé. Percebo-me em uma situação curiosa. Não estou em lugar algum. Claro, é força de expressão, estou na latitude 0°, é o que leio na placa. Se cair para a esquerda – estou de costas para o sol – penetro no hemisfério norte. Se cair para a direita, toco o hemisfério sul. Tênue linha divide o Brasil, a Terra. Subitamente, não estou aqui, equilibro-me sobre os trilhos de minha infância, quando o desafio entre as crianças era não cair, era manter-se de pé sobre estreita língua de aço, esperando o trem chegar para saltar do trilho no último instante.

Latitude 0°. Marco Zero da capital do Amapá, que indica a passagem da linha do Equador. Nos dias do Equinócio, bianual, março e setembro, o sol atravessa um círculo em um monumento de concreto e acompanha certeiro esta linha. Fronteira que atravessa igualmente o meio do estádio Zerão, levando os jogadores a atuarem um tempo no hemisfério sul, outro tempo no norte. Situação insólita. Grande, diverso e curioso este Brasil. Faltava-me apenas o Amapá para concluir um périplo (epa!) por todos os estados brasileiros, ao longo desses anos. Fechei o trajeto.

Certo dia, Carla Nobre, poeta, cantadora, se perguntou: "Por que todos têm uma feira de livros, menos o Amapá?" Foi lá e convenceu o jovem governador Camilo Capiberibe que concordou: "Organize, dou sustentação". Havia no ar uma certa hesitação. Quem iria para tão longe? Afinal, não se chega a Macapá por rodovia, não há como. É barco ou avião, o que aumenta a excitação. Só duvidava quem não conhecia Carla, os escritores amapaenses e brasileiros contemporâneos. Ela e um grupo de assessoras(es) sorridentes e incansáveis buscaram parceiros e estruturaram a primeira Flap, Feira de Livros do Amapá. Ir falar em escolas, aqui, significava pegar o barco e ir para escolas ribeirinhas, suspensas em palafitas sobre as águas.

Durante cinco dias, mais de 70 escritores (três internacionais) do Amapá e do Brasil, entre poetas, cronistas, dramaturgos, romancistas, ensaístas, contadores de histórias, se encontraram, conversaram com o público, foram às escolas, autografaram livros, frequentaram oficinas e cafés literários, participaram de mesas redondas, de rodas de conversas e do Rufar e do Corredor Literário. Houve a Tapaina das Palavras, com encontros e autógrafos. Tapaina é palavra indígena, da tribo dos Waiãpi, e significa habitação.

Cada começo de noite, num palco ao ar livre, havia poetas e cantadores. Qual o diferencial da Flap? Ela é aberta, tudo é gratuito, a população participa. E como! Foi o maior tititi. Era difícil circular pela feira de livros, sempre congestionada. Gente curiosa, gente feliz, gente a nos fotografar, a pedir autógrafos, a perguntar.

O governador injetou 90 mil reais em vale-livro e o que se viu foi estudante (e professor) por todo lado com o vale na mão, comprando, comprando. Ele e a mulher, a linda Cláudia, passaram todos os dias pela feira, o que me pareceu inusitado, em geral autoridades desaparecem. Foi mais longe o casal, oferecendo na residência oficial um jantar com pratos típicos para todos os participantes.

Leandro Leite Leocádio, poeta, que ao lado de Ovídio Poli Junior e Flávio de Araújo, organizam a Off Flip, em Paraty, afirmou em seu blog: "a Flap nasceu grande, parece que já tem cinco anos, tudo funcionou azeitado". Aliás, Ovídio, que escreveu um delicioso livro infantil, *A Rebelião dos Peixes*, ilustrado pelos seus filhos Marcus Vinicius e Pedro, com tratamento pictórico de sua mulher Olga Yamashiro, foi o mediador de minha conversa no Teatro das Bacabeiras.

Carla Nobre tem "musculatura", mexe, remexe, leva escritor, organiza, comanda, esbraveja, sorri, vê o que funciona e o que não, acompanhada por um fiel escudeiro, o marido Bené, doce figura. Esta primeira Flap teve como patrona Esmeraldina dos Santos, poeta e escritora quilombola.

Macapá é cidade quente, arborizada, cheia de praças. O orgulho do povo é ser a única capital brasileira banhada pelo Rio Amazonas. Nem Manaus (Rio Negro) nem Belém (Rio Guamá) podem ostentar o título. Aliás, me contaram que em Belém, todos os dias, por volta das dez e meia da manhã, podemos ver um dos mais belos espetáculos da natureza (a força da natureza, digamos) quando o rio começa a correr ao contrário. Devido à força da maré alta, o Oceano Atlântico entra pelo Rio Amazonas e seus afluentes, fazendo com que pareça que as águas estão correndo ao contrário, subindo, e não descendo. Duas vezes por dia. Com isso, os pescadores pescam peixes do mar em pleno Guamá. Aqui em Macapá, margem a margem, são 17 quilômetros de Amazonas, o que deixa embasbacado (epa!) um paulista como eu.

As águas são pontilhadas por ilhas. Soube que são milhares! Imperdível – e necessário – é comer o camarão no bafo com açaí, mais farinha d'água e farofa, nos finais de tarde, à beira-rio. E deixar espaço para enfrentar o peixe ao molho de leite de coco, a maniçoba (a feijoada deles), o pirarucu crocante, o tucunaré grelhado ao creme e banana. Não esquecer de acrescentar pingos de tucupi com pimenta. Falando em tucupi, aqui também se come o pato nesse molho. Há ainda o charque, o tacacá, o tucunaré na chapa com leite de castanha, o filhote, o tambaqui, o gurijuba, a dourada e o matrinchã. Uma semana para experimentar todos. Caminhando pela orla, deparamos com vendedores de roletes gelados de cana.

Cuidado com o que ouve e o que fala. Algumas dicas são necessárias. Se alguém disser que você é panema, saiba logo que está dizendo que você é paradão, abestado. Praticamente o mesmo que pomba-lesa. Se disserem fanchião, saiba que é vencedor; gabola, metido a besta. Fona quer dizer o último; insiguerado é viciado; istórdio é ressaca, ficar doente; jarana é o mão-de-vaca; donzela é um tipo de bolacha, enquanto "dor de viado" é uma dor na altura do umbigo, devido ao cansaço.

Capô de fusca é mulher que tem a genitália avantajada. E quando alguém ao seu lado comentar xilis-zire, saiba que disse: deixe eles irem. Só tome cuidado com a pissica, ou má sorte, mau agouro, azar. E olhe meu conselho: não saia de Macapá sem antes tomar uma boa gengibirra gelada. Quanto mais toma, mais disposto fica.

Chamada capital do meio do mundo, Macapá tem uma estátua de São José, padroeiro da cidade, colocada no alto da Pedra do Guindaste. Embaixo dessa pedra mora uma cobra grande que bebe a água do rio, de modo que as águas não sobem. Se a cobra for tirada dali, o Amazonas cresce, sobe e inunda a cidade.

(16 de novembro de 2012)

# Não abrace táxi, junte com cambito

RIO BRANCO – Na capital do Acre, se alguém pedir: "por favor, pode me destentar este cheque?", e você souber que o sujeito é farinha de cruzeiro, destente. Se tiver dinheiro, tudo bem, é tarefa que você pode realizar sem abraçar táxi. Vai ser como juntar com cambito. E se avistar um homem usando bosoroca não estranhe, ele é homem mesmo. Ao ouvir "cuida, menina", não se preocupe. Agora, ao sair por aí, tenha cuidado com as peremas.

Felizmente, viajar por causa da literatura tem me ajudado a conhecer o país e, principalmente, descobrir as múltiplas variações de nossa língua. Vou incorporando aos meus caderninhos o vocabulário local, além de trazer dicionários regionais. Destentar é descontar. Abraçar táxi é trabalho difícil (diga tachi e não táxi), é sofrer. Bosoroca é uma bolsinha onde se carregam cartuchos. Cuida, menina significa se apresse, avie-se! Farinha de cruzeiro é gente boa, confiável, enquanto juntar com cambito é coisa fácil de fazer. Peremas são mulheres dadas, oferecidas, assanhadas e até mais do que isso.

Aos dicionários de gauchês e de pernambucanês já acrescentei o baianês e o cearês. Agora tenho o acreano, do Gilberto Braga de Mello, delicioso. Gilberto, como todo acreano, firma pé. Apesar da reforma ortográfica, os acreanos, com E, se recusam a se tornar acrianos, com I. Que se mantenha o E, clamam, indignados. Ouçamos! Essas vozes são distantes, mas não estão separadas do Brasil.

Tinha saído de minha palestra no auditório da filmoteca que está acoplada a Biblioteca Estadual, preciosidade encravada no centro de Rio Branco, a capital. Um edifício moderno, funcional, cheio de janelões, muita luz, internet com acesso grátis, chão sofisticado com ladrilhos hidráulicos, originais, vindos do antigo prédio que havia no lugar. Uma das mais belas bibliotecas que vi no Brasil, opinião compartilhada por um especialista de gabarito, José Castilho Marques Neto, que comanda o Plano Nacional do Livro e Leitura e, encantado, não se cansou de fotografar tudo. Os acreanos (com E) estão dando uma lição ao Brasil em matéria de biblioteca.

A biblioteca fica em frente à praça onde aconteceu a primeira Bienal da Floresta do Livro e da Leitura, nome poético para um evento ocorrido em 35 estandes de livrarias e editoras, além do uso de auditórios por toda a cidade. A ideia da Bienal foi do jovem governador Binho Marques que convidou Pedro Vicente Costa Sobrinho, um potiguar naturalizado acreano, e Helena Carloni, que dirige a bela (repito) biblioteca. Juntou-se a eles Daniel Zen, presidente da Fundação Cultural. E tudo aconteceu.

O homenageado foi uma figura singular e sempre bem-humorada, o contador de histórias e artista plástico Francisco Gregório Filho, cuja figura lembra um patriarca com sua barba branca e a magreza de um asceta. Um homem que há meio século batalha pela cultura acreana, tendo sido várias vezes presidente da Fundação Cultural do Estado. Acreanos são Chico Mendes, Marina Silva, Armando Nogueira, João Donato, Glória Peres. Cerca de 40 escritores agitaram a semana, entre eles Luiz Ruffato, Marcus Acioly, Márcio de Souza, Fernando Monteiro, Luiz Galdino, Nelson Patriota, Jorge Tufic, Fábio Lucas, Homero Fonseca, Jomard Muniz de Britto, Alexei Bueno, Gilberto Mendonça Telles. Tudo bancado pelo governo. Clodomir Monteiro, presidente da Academia Acreana de Letras, nomeou a Fábio Lucas e a mim membros correspondentes da AAL. Somos de lá e somos de cá.

"Olhe para cima, verá isso apenas aqui", dizia Val Fernandes, fotógrafa que dia e noite, sem parar, registrou cada momento, cada pessoa, cada gesto na Bienal. Às margens do Rio Acre, um céu turquesa, de filmes orientais, uma cor que nenhum impressionista conseguiria produzir, estendia-se avassalador, enquanto cervejas geladas e empadas enormes chegavam na mesa deste bar do Mercado Velho, construído em 1929, e recém restaurado. Para um lado, as águas seguem em direção ao Rio Purus, que penetra no Peru. Pelo outro, vão em direção à Bolívia, marcando fronteira em longa extensão. O poeta Naylor George, apaixonado pela sua cidade, conhecedor de cada canto, prédio, rua, cicerone dedicado, me diz que daqui é mais fácil chegar ao Machu Picchu que a São Paulo. Aqui estamos mais próximos dos incas e maias, se quisermos nos exceder na imaginação.

No rio lá embaixo, catraias navegam de uma margem à outra. Custa 50 centavos a travessia. Foi lembrado o tempo em que havia dois cinemas na cidade, um no Primeiro, outro no Segundo Distrito. Um dos ricos, outro dos pobres. Em Rio Branco pode-se dizer que, como em Paris, há *rive gauche* e *rive droite*. O filme era o mesmo nos dois cinemas, as sessões começavam com diferença de horários. Assim, terminado o primeiro rolo em um, o catraieiro Goiaba, figura popular, agarrava a lata e corria, atravessava o rio, no braço, a remo, entregava no cinema. A sessão inteira era ir e vir. Dias de enchente, águas revoltas, sofria o pobre Goiaba. Sua glória e orgulho foi nunca ter trocado um rolo de filme entre os dois cinemas.

Depois de visitar o mercado de verduras e frutas (que nada tem a ver com o mercado antigo, tombado), onde pode-se comprar a banana comprida (cada uma tem entre 40 centímetros. Isso mesmo, quase meio metro cada uma), a farinha de mandioca amarela, a pimenta ou castanhas do Pará preparadas artesanalmente, saborosas, atravesse para o Segundo Distrito e percorra as casas e lojas restauradas que pertenceram aos sírio-libaneses, primeiros comerciantes na fundação da cidade. Caminhe pelo calçadão à beira-rio cheio de bancas de flores amazônicas, entre elas a Uirapuru e a Caatinga-de-mulata e de mangueiras centenárias tombadas pelo Patrimônio.

Aqui nos idos de 1900 ancoravam os batelões e as chatas que traziam mercadorias da Europa para os ricos (as mulheres usavam vestidos com alças de ouro), que frequentavam o fechadíssimo Tentamen, clube da elite, restaurado em todo seu esplendor e hoje alugado para festas e eventos. Ainda existem exemplares gigantes do Apui, árvore cuja seiva os índios usavam para colar ossos fraturados. Vá até a gameleira imensa onde a cidade se iniciou. Diante do rio, o bar do Grassil Roque com um caldinho de feijão fervente de explodir a língua. Ao lado, na Varanda do Porto, do Telmo, bebe-se cerveja em mesas quase lançadas ao espaço sobre o rio Acre.

Em frente, uma das dezenas de Casas de Leitura (com centenas de poesias pregadas nas portas e paredes) que a cidade possui, que acolhe principalmente crianças. Além dessas casas, pelos parques espalham-se os quiosques com bibliotecas que o povo utiliza a granel nos finais de semana, feriados, fins de tarde. Admirado com a noite fresca? São os ventos que sopram da Cordilheira dos Andes, na crendice popular.

(19 de junho de 2009)

# O filhote de pai d'égua

BELÉM – Inverno na cidade. O termômetro bate nos 37 graus. No entanto, os belenenses informam: quente mesmo é julho! A chuva diária, com horário, não existe mais. Desapareceu, assim como sumiu a garoa paulistana. Afirmam os paraenses que a culpa é dos desmatamentos, das agressões que o homem tem feito à natureza. Antigamente gostavam de dizer: me encontre antes da chuva. Ou depois. Acabou. Ainda bem que as mangueiras permanecem. As ruas são sombreadas por imensas árvores, coalhadas de frutos, começam os suplícios dos motorizados e a alegria da meninada. Eu estava com Ivana, jornalista da TVE, dando voltas e, cada vez que parávamos, eu dizia: "Estacione ali! É uma bela sombra." E ela retrucava: "Olha as mangas!"

Os frutos caem sobre capôs e para-brisas, produzem mossas, arrebentam vidros. Os moleques correm e comem. Portanto, a cidade vive o dilema: mangueiras ou carros? Malandros quebram os para-brisas, sujam de mangas, ficam por perto e avisam: tem aqui perto quem vende para-brisas novo, barato. Culpa das mangas!!! Muitos fanáticos já tentaram arrancar as árvores, uma vez que a solução predatória é a mais fácil, pensa-se no presente, azar do futuro. O bom senso prevaleceu, as mangueiras que tornaram Belém famosa no mundo continuam. Saiba que, ao estacionar, vai se aproximar um garoto, flanela nas mãos, informando: "Estou na área." Enquanto na região há muitas espécies em extinção, os flanelinhas (o pano é vermelho) têm proliferado. Peça ao seu para guardar a manga que cair no capô.

Belém começou a mudar de cara. Os casarões têm sido conservados, alguns em processo de restauro. A nova administração ainda luta com a limpeza das ruas. O cheiro do lixo é forte, invencível, por toda parte. Os habitantes de Manaus que me perdoem, mas Belém está dando de dez na capital do Amazonas. Que agora anda às escuras, o que mostra a incapacidade de planejamento dos que governam. Fui a Belém para a 1ª Feira de Livros (apoiada pela Câmara Brasileira do Livro) e para a abertura do Fórum Pan-Amazônico, encontro promovido pelas Secretarias da Cultura, da Educação e do Meio Ambiente. O fórum – que envolveu Venezuela, Peru e Guianas – é uma resposta ao governo que, ao falar de Mercosul, exclui o norte do Brasil. Mercosul, disseram os paraenses, tem de envolver a América do Sul inteira, não pode ser excludente. Deste modo, está surgindo o Merconorte Cultural, um dos pilares do Plano de Política Cultural do atual governo do Pará, tendo à frente Almir Gabriel, que teve o rompimento de um aneurisma na aorta abdominal e ainda se recupera, mas governa.

O Secretário da Cultura, Paulo Chaves – único não engravatado na cerimônia de abertura, estava com a camiseta do fórum – deu de presente ao governador um exemplar do meu *Veia bailarina*, livro que está se tornando de autoajuda. Quem diria! A feira, bem montada no Centro, tinha 77 estandes e nela ocorreram oficinas, exposições de fotografias, contação de histórias, espetáculos de bonecos, mostra de cinema (o cineasta Fernando Solanas estava presente), concertos. E entre os dias 13 a 15, discussões literárias e ambientais. Gostei mesmo foi do *insight* de Maria Regina Maneschy Faria Sampaio, da comissão executiva e diretora de bibliotecas. Ela teve uma ideia que funcionou e poderia ser adotada nas bienais de São Paulo e do Rio de Janeiro: o miniencontro autor-leitores, na boca do estande. Fiquei no estande da Global em pé, respondendo a perguntas de um pequeno público que se aglomerou. Poderia ter repetido algumas vezes por dia esse rápido encontro, que não cansa ninguém e promove o diálogo leitor--escritor. Nada de palco, mesa, distância. Ali, cara a cara, informal.

Como ninguém é de ferro, à margem do encontro tivemos almoços e jantares com a comida local: filhote de pai d'égua (peixe que quase se dissolvia na boca) no espeto, de tambaqui, camarão cozido no molho de tucupi com jambu (que anestesia a boca) e outros. Quem come o peixe filhote de pai d'égua no restaurante Lá em Casa ganha um prato de parede artesanal, dos mais simpáticos. Para não perder a viagem, abandonei os refrigerantes industrializados e passei aos sucos de cupuaçu, taperebá, bacuri, acerola fresca. Ah, o encantamento das sorveterias que se esparramam pela cidade, sempre cheias. O secretário de Educação, que antes de tudo é poeta e ensaísta, João de Jesus Paes Loureiro, fechou a gastronomia, oferecendo um jantar em que o prato principal foi pirarucu ao forno com ervas – não me perguntem quais, deliciosas – seguido por um espesso sorvete de açaí, coberto por tapioca. Ah, a literatura pode não ter me dado dinheiro, mas me tem feito conhecer o Brasil.

(16 de novembro de 1997)

# "Eu sou de um país que se chama Pará"

BELÉM – Quando a mediadora Renata Ferreira disse que o meu conto, *O homem que viu a osga comer seu filho*, a tinha aterrorizado, assustei-me. Não tenho esse conto. Ela riu e explicou: "O que vocês chamam de lagarto ou lagartixa chamamos de osga". Fui ver no Aurélio. Ela estava certa, o conto existe. Quando ouvi a fotógrafa Elza Lima contar uma história minha em que os olhos dos cavalos do carrossel de meu avô eram petecas, reagi: "Como petecas? Eram bolas de gude". Elza: "Pois aqui, petecas são as bolas de gude".

Caminhava pelo Espaço Palmeira, um feirão popular, no centro da cidade. Aqui foi uma tradicional fábrica de bolachas, biscoitos e doces, fundada em 1892. Demolida, restou uma área de piso concretada sobre a qual se armam as barracas. Então, ouvi: "Vamos fazer nossa sombra aqui", disse o mulato de chapéu branco. E sentou-se com dois amigos num canto. Não havia sombra alguma; pelo contrário, era um solão, mas gostei da expressão. Grande e diverso é o Brasil.

Vim para a XVII Feira Pan-Amazônica do Livro, que no ano passado vendeu 850 mil livros, me contou Paulo Chaves Fernandes, secretário de Cultura, arquiteto que criou as Docas, o Mangal das Garças e o Hangar, imperdíveis. A Pan-Amazônica deste ano termina no próximo domingo com Affonso Romano de Sant'Anna. Pelo palco principal passaram Ziraldo, Tony Belloto, Cristovão Tezza, Guilherme Fiuza, Tiago Santana e José Castello. Para terem ideia, o folheto com a programação tem 74 páginas com oficinas, seminários, aulas, lançamentos, mesas redondas, salão do humor.

Tudo acontece no Hangar, centro de convenções moderno e funcional. Ao falarmos, temos à nossa disposição auditórios variados que vão de 300 a 1.500 espectadores. Distante daqueles precários espaços fechados por divisórias de eucatex da Bienal do Livro de São Paulo, onde a barulheira do salão penetra e ninguém ouve o que se fala.

Lembrei-me que estive na primeira Pan-Amazônica, ainda no Centro, sufocada, apertada, mas cheia de gente. Assim como me lembro de uma casa de sucos da terra, onde havia um de pinha que era puro regalo. A casa fechou, virou loja. Por outro lado, nas sorveterias você mergulha a colher em taças de sorvete de tapioca (deslumbrante), buriti, bacuri, cupuaçu, açaí, graviola, manga. Quem me indicou a *Cairu* como o melhor sorvete da cidade foi Fafá de Belém. Opinião considerável. O Pará é terra da Fafá, da Gaby Amarantos, Dira Paes, Olga Savary (que está na cidade em que nasceu, emocionada, há muito não vinha), Liah Soares. E de Dalcídio Jurandir, um dos maiores escritores do Pará e do Brasil em todos os tempos.

A Feira deste ano foi dedicada a Ruy Barata, poeta, compositor, jornalista, político progressista, ícone paraense, homem que navegou em todas as águas. Dele é a frase epígrafe desta XVII Pan-Amazônica: "Eu sou de um país que se chama Pará". Milhares de crianças vagando entre centenas de estandes, perguntando: "O senhor é escritor?". Correndo atrás do Ziraldo, que se intitula "o velhinho maluquinho". Vi Ziraldo, com tremenda luxação no ombro, cheio de dores, sentar-se e autografar centenas de livros. Mais do que profissional, ele ama o que faz e adora ver a meninada em torno.

Certa noite, fomos jantar nas Docas, olhando o rio de frente. Chegavam homens feitos querendo tirar uma foto com o "menino maluquinho". Chegavam também jovens querendo uma foto com Tony Belloto, que tinha acabado de fazer uma bela fala sobre seu romance *Machu Picchu*. Depois, elas viravam para mim: "E o senhor é alguma coisa?" Menti com a maior seriedade: "Não, sou apenas pai do Belloto". E elas: "Não precisamos tirar fotos do senhor, não?" Felizes com minha negativa, partiam, ruidosas, enquanto voltávamos ao filé de Filhote, peixe delicioso, com risoto de pupunha e jambu, e ao pato com tucupi. Belém é sabor e é necessário comer, de preferência à noite, no Mangal das Garças, parque nascido à beira-rio, cheio de pássaros, tartarugas, borboletário. Iguanas verdes, figuras pré-históricas, vagueiam pelos gramados.

Tomei um avião e cheguei a Marabá 50 minutos depois. O nome da cidade vem de um poema de Gonçalves Dias. Região ligada à siderurgia e celebrizada pela Serra Pelada. Estudantes e professores se juntaram no Cine Marrocos para conversar com escritores. É a Pan-Amazônica expandida. A feira não acontece apenas em Belém, vai ao interior, agrega, abre-se às populações. A ideia avança pelo Brasil. A fotógrafa Elza Lima me contou que esta "feira fora de feira" nasceu após a leitura de uma crônica minha aqui no jornal, falando de Fortaleza, da bienal fora da bienal, quando autores vão aos bairros e às cidades do interior. Andressa Malcher, coordenadora, apanhou a ideia no ar e desenvolveu.

Sentei-me no palco ao lado de Ademir Brás, jornalista, advogado e poeta de primeira linha. Ele descreve sua terra, a gente, as paisagens, o rio Tocantins, manso e largo, silencioso. Pequenas casas coloridas inclinam-se para as águas. A poesia de Ademir oscila entre a ternura e a indignação, com ritmo e afeto. Por ele e pelos jovens, soube do Pará. E contei das coisas de cá. Porque tanta gente de talento como Ademir não chega ao Sul? Onde fica o muro que nos separa?

(3 de maio de 2013)

# Ariano Suassuna, *pop star*

SÃO LUÍS – Fiz ligação direta entre Maranhão e Minas Gerais. Nesta manhã estou em Ouro Preto no Fórum das Letrinhas, falando com as crianças sobre O *menino que vendia palavras*, memória de infância tornada primeiro conto, depois livro infantil. Semana passada estava ancorado às margens do Rio Anil na primeira Feira de Livros de São Luís. Primeira, mas pareceu a décima, tão azeitada estiveram as engrenagens, numa organização que parecia habituada a produzir encontros como este. São Luís é Patrimônio Histórico e o povo recebeu com afeto os escritores e compareceu com entusiasmo à feira, gostosamente localizada. Os maranhenses escolheram um lugar acessível, diferente de São Paulo e Rio de Janeiro. Também diferente foi a gratuidade. Ali não se pagou para entrar e ver livros, esse hábito detestável da bienal paulista.

Abriram-se os braços para o povo entrar e os ludovicenses vieram aos magotes. Gostei de saber que quem nasce em São Luís é ludovicense. Sonoro e diferente. Também diferente era a atitude das crianças que chegavam em ônibus e mais ônibus e apanhavam os livros, folheavam, cheiravam, começavam a dar uma lida, eram iniciados na sedução da leitura. Nada daquela chatice que existe aqui, onde o escritor não pode andar um metro sem ser abordado por dez, vinte, alunos: "Tio, tio, me dá um autógrafo", porque os professores dão notas, também, pelo número de autógrafos conseguidos. Foi o que me confessaram vários estudantes.

O esquema de São Luís segue o da Jornada de Passo Fundo, seu objetivo é formar leitores. Diferente portanto de Paraty. Na capital do Maranhão, 222 mil pessoas visitaram os *stands* na praça Maria Aragão. Havia à disposição do público 50 mil títulos, venderam-se 2 milhões e 200 mil reais em livros, houve o lançamento de 103 livros de autores maranhenses, 46 mil estudantes vindos de 500 escolas públicas tiveram visitas agendadas e mais 15 mil das escolas privadas foram encaixadas. Pelo Café Literário, conversando com o público se apresentaram 20 autores do Estado, aconteceram 37 oficinas e cursos para 2 mil educadores. E mais performances poéticas, grupos musicais, exibição de documentários. Escritores de nomeada fizeram palestras para um público de 500 pessoas no auditório, mais três telões fora da tenda.

Gente como Affonso Romano de Sant'Anna, Moacyr Scliar, Ana Miranda, João Lyra (o autor da biografia de Maysa), Bartolomeu Campos de Queirós e Adriano Duarte Rodrigues. O auge, encerrando a Feira, coube a Ariano Suassuna, o insuperável. A plateia ficou alucinada, parecia estar diante de um *pop star*. E ele é, domina a plateia, diverte, faz pensar, provoca aplausos contínuos, investe contra a mediocridade, luta pela cultura brasileira. Deliciou-nos com o parentesco que ele tem com os doidos e os mentirosos. Um cria a realidade que mais o agrada, o outro tem um ponto de vista original sobre tudo. Ariano não se aproxima de Fellini? Quem não viu o documentário *Io sono um buggiardo?* (Sou um mentiroso).

No final da tarde de sábado, subi a encosta da praça, rodeado pela aura de autores maranhenses como Gonçalves Dias, Sousândrade, Aluísio Azevedo, Artur de Azevedo, Coelho Neto, João Lisboa, Josué Montello, Nauro Machado (poeta que todos os dias circulava seu ar solene, sua barba branca, sua afabilidade). Comovente a visão da feira ao crepúsculo. Lá embaixo a praça e os tetos brancos das tendas, à direita o prateado do Rio Anil, ao longe a nova São Luís. Ou como disse Lúcia Nascimento, uma das coordenadoras do projeto: "O Rio Anil abraçado pela Baía de São Marcos sob os olhos de Gonçalves Dias".

A capital do Maranhão tem quase 400 anos. Em 1612, três naus trouxeram 500 franceses, capitaneados por Daniel de La Touche, Senhor de La Ravardière, e foi fundada a França Equinocial e erguido o Forte de São Luís, em homenagem ao rei Luís XIII. A madeira usada no forte era tão resistente que suportava tiros de artilharia. Dois anos depois chegaram os portugueses, construíram igualmente o seu forte, o de Santa Maria de Guaxenduba, os franceses não gostaram, atacaram e foram derrotados. Mas em 1641, os derrotados foram os portugueses na luta contra os holandeses. Então, juntaram-se os índios e os colonos portugueses e expulsaram os holandeses. E o que era Maragnon se tornou Maranhão.

O centro histórico é fascinante, lembra muito Lisboa com seus balcões, varandas e mirantes. Aliás, o Mirante foi o logo da 1ª Feira, e também o tema: Mirantes de São Luís – Janelas de São Luís. Ladeiras, escadarias, ruelas estreitas que se esparramam em pequenas praças, as casas ostentam paredes de um metro de espessura. Cidade cujas ruas trazem nomes poéticos como do Sol, do Alecrim, do Deserto, do Gavião, do Navio, das Flores, das Hortas. Mas essas ruas merecem uma crônica só para elas. E, claro, há ainda os célebres azulejos que tornam mágicas as fachadas, deles já falou melhor Ferreira Gullar em seus poemas.

São Luís, paixão de um amigo, o Odylo Costa, filho, com quem trabalhei na Editora Abril, poeta e contista, um gentil homem que revolucionou o jornalismo brasileiro ao dirigir o *Jornal do Brasil* a quem imprimiu nova cara. A cidade nos acolhe, envolve, abraça. A 2ª Feira já foi prometida pelo prefeito. Digo que por ser mais abrangente, ambiciosa, por ter um projeto definido em relação a leitores e estudantes, por abrir o livro ao povo, por abrir as portas das palestras, conferências e encontros gratuitamente a todos, por estar em uma praça que leva o nome de um ícone maranhense, Maria Aragão, uma idealista amada pela sua coragem inaudita, a Feira de São Luís, instalada em uma cidade arquitetonicamente maravilhosa, mandou seu recado: cuide-se Flip, olhe lá Paraty! Como terminar sem contar que não havia um só livro de José Sarney na Feira? Também não foi convidado para falar. O maranhense esclarecido deu o troco. Que fique com seu memorial faraônico e seu mausoléu, me disseram!

(Outubro de 2007)

# Caipirosca de pitanga e filé de agulha

RECIFE – O tubarão. Mal chegados ao hotel, o Atlante Palace, na Boa Viagem, em Recife, o camareiro que me levou ao apartamento avisou: "A praia é boa, o mar ótimo, mas cuidado, tem tubarão." Na piscina do hotel, um assombro. Um celular tocou, um homem no meio da água gritou, a mulher correu com o telefone na mão. Ele ficou meia hora falando, enquanto as pessoas mergulhavam, espadanava água, crianças gritavam. Inacreditável!

Na manhã seguinte, domingo, estou andando pelo calçadão, olhando o mar, a linha de arrecifes, as jangadas na areia, os quiosques se abrindo. Dei com a placa

*Não entre sozinho no mar; procure ficar sempre em grupos. Não vá além dos arrecifes. Não entre com machucados que podem sangrar.*

Eu que nunca entro mais do que um metro no mar, sou de leão, e meu signo é fogo, e fogo e água não combinam, me dei por satisfeito.

Fiz extensa caminhada, percebendo placas simpáticas que proíbem a circulação de cachorros no calçadão. Na praia, então! Civilizado, o Recife. Quase não vi vendedores de óculos escuros, esses piratas de grife que custam dez reais, o que eu mais precisava (mas deles não compraria), porque a luminosidade é espantosa, mal podia abrir os olhos. Outro aviso singular: o aluguel de fichas telefônicas. Dos quiosques partiam saquinhos plásticos cheios de fatias de abacaxi gelado, rumo aos banhistas.

A Bienal de Livros do Recife recebeu em dez dias 350 mil visitantes e vendeu 300 mil livros. As alamedas entre as livrarias tinham nomes de escritores, de Clarice Lispector aos vultos locais. A certa altura, um vendedor anunciava: "Não é pegadinha! Livros do Paulo Coelho a cinco reais! Não é pegadinha." E o Paulo, lá em Frankfurt, se esfalfando para assinar livros em 50 línguas e aqui sai a preço de banana.

A comida. Literatura é coisa boa, pensávamos todos, enquanto, às mesas do restaurante Oficina do Sabor, na Rua do Amparo, em Olinda, tomávamos caipiroscas de pitangas frescas e rubras, comendo filés de agulha com molho de mostarda e queijo de coalho assado com ervas. Viriam em seguida os pratos, produtos de uma cozinha nordestina requintada: jerimum recheado com camarão ao creme de coco ou recheado com camarão ao molho de maracujá. Houve quem optasse pelo jerimum recheado com charque ao coco ou com linguiça matuta. Havia ainda a possibilidade de misturar no recheio camarão e lulas. Fiquei indeciso quando li sobre o jerimum recheado com peixe e camarão ao molho de graviola com capim-santo. A graviola me atraiu para este.

Em torno da mesa, altas horas, contemplando um trecho de Olinda ou a Torre da Sé, a conversação corria cheia de *nonsense*, muito humor, às vezes, de poesia outras. Lucila Nogueira dizia seus poemas e provocava colegas, enquanto outros liam crônicas sobre gente do Recife, personagens que fizeram melhor a cidade ou a noite. E nós, recém-chegados, íamos nos deixando permear pela alma pernambucana, tocados pela afetividade e hospitalidade. Em geral, um bando de escritores vira congresso de chatos, ou de egos, principalmente quando cada um começa a falar de si e de seus livros. Ali, ninguém advogava em causa própria, as histórias eram sobre os outros. Um prazer ouvir Antônio Campos, filho de Maximiano Campos, contar sobre a luminosidade do Recife ou tentar explicar, sem que eu entendesse, como a cidade está abaixo do nível do mar. Se você vem de navio, percebe que ali está o mar e de repente a cidade surge aos seus pés. As comidas vieram e se foram, devoradas com gula, e as sobremesas se revelaram generosas e dulcíssimas. O meu pavê de goiaba era de correr ladeira acima naquela Olinda cheia de gente nas calçadas. Incrível como se vive na rua, como a cidade é inquieta, amiga, nervosa, pulsante, amena.

A poesia. Essa é uma coisa que a literatura nos tem dado. Viajar, conhecer, conversar, comer, beber, ver como é grande e diverso este país. Só por isso vale a pena escrever. Tirando o Luis Fernando Verissimo e Paulo Coelho vivendo confortavelmente de literatura, os escritores sobrevivem bravamente, escudados por empregos que garantem aluguel, supermercado, escola dos filhos. E querem saber? Os escritores estão contentes. Claro que tudo poderia melhorar, vivermos de direitos autorais, termos apartamento, casa na praia, podermos viajar ao exterior. Enquanto isso, viajamos aqui dentro mesmo. Aqui e ali, lá e acolá, pipocam semanas, eventos, seminários, congressos, bienais, feiras e vamos falando com o público, autografando livros, conhecendo gente. Ou nos conhecendo entre nós. Como aconteceu no sábado passado em Recife. A Portugal Telecom, que patrocina um dos maiores prêmios literários deste país, está levando pelo Brasil os dez autores finalistas.

O delicioso do encontro que ocorreu na Bienal de Livros foi conhecer poetas como Alberto da Cunha Melo e Eucanaã Ferraz e romancistas como Luzilá Gonçalves. Bom rever o contista Luiz Vilela e ouvir os poemas de Sebastião Uchoa Leite que, doente, não pôde comparecer. Na mesa, o editor de Uchoa estava indignado e foi aplaudido pelo público ao definir como neonazista um suplemento literário do Paraná que, recentemente, detonou a obra desse autor, não deixando pedra sobre pedra. Alberto da Cunha Melo revelou-se uma personalidade insólita. É tão tímido, tão avesso a falar em público, que levou sua mulher para ler por ele. E ela o fez belamente! É dele:

*O essencial é assustadíssima*
*e soberba ave, como um galo:*
*só duas mãos, dentro da treva*
*sem ruído, podem pegá-lo.*

(17 de outubro de 2003)

# Farofa de guisado, inhame e bolo baeta

JOÃO PESSOA – No avião encontrei Pasquale Cipro Neto e Moacyr Scliar. Porém, Scliar não ia para o Salão e sim para o 1º Seminário de Literatura do Sesc. No fim de minha conversa no Café das Letras encontrei-me com Rogério Salgado, que escreveu mais de cem títulos de cordel e mantém em Minas o Belô Poético. Rogério ali estava para o Encontro de Autores Paraibanos, coordenado pela União Brasileira de Escritores. Em uma mesma semana, a cidade conviveu em três eventos com livros, gêneros e autores os mais diferentes. O que reforça a afirmação que faço sempre: coisas mudam, fala-se e muito de livros, secretarias estaduais ou municipais de Educação e Cultura, centros culturais, associações agem, faculdades e escolas realizam.

Por um dia, perdi a conversa de Affonso Romano de Sant'Anna. Antes de mim, no mesmo palco do Teatro de Arena, estiveram Nélida Piñon, que, mesmo gripada, febril e quase afônica, falou e respondeu às perguntas, profissional e apaixonadamente. Também foram ouvidos Mario Prata, Silvério Pessoa, Hildebrando Barbosa Filho e Sérgio Castro Pinto, mediados pelo Linaldo Guedes. Quando o mediador desaparece, é porque mediou bem. Sua voz é a de comando, ligação com o público, ele tem a função de não deixar a peteca cair. Por João Pessoa passaram (e passearam, a cidade é encantadora, brisas suaves nos levam a esquecer o abafamento) Marina Colasanti, Fabrício Carpinejar, Arnaldo Antunes, Arquidy Picado, Braulio Tavares, Ferréz, Tania Zagury, André Vianco, Jairo Rangel. Ocorreram oficinas, contações de histórias, shows, exibições de filmes paraibanos, exposições, saraus, autógrafos, debates.

Tudo num espaço cultural dos mais bem equipados que já vi no Brasil, que homenageia José Lins do Rego. Quando entrei no 1º Salão Internacional do Livro da Paraíba, Lana Machado, organizadora do Café com Letras, me entregou o envelope deixado pelo Mario Prata. Quando alguma coisa vem do Prata, há gozação no meio, afinal, convivemos há 40 anos. Era a *Coquetel,* revista de palavras cruzadas, da série "difícil". Percorri atento até chegar às páginas 26 e 27. O enunciado de uma cruzada pedia: *Fundador da Companhia de Jesus com 22 letras.* Corri à resposta e ali está: *Ignácio de Loyola Brandão.* Confundiram os Loyolas. Dessa maneira, morri há mais de quatro séculos em Roma e há uma igreja em minha homenagem próxima à Via Del Corso. Quem for lá, aproveite, existe um bom restaurante em frente com mesas fuori, como dizem. Outro muito bom, vizinho, é o Il Falcheto, onde Araújo Neto, decano dos correspondentes brasileiros na Itália, comia quase todos os dias.

Na manhã de sábado, quando caminhava pela orla em Tambaú, percebi que me olhavam com estranheza. Estariam me reconhecendo na praia, debaixo daquele sol abrasante (que clichê!)? Até garis, motoristas de *buggys* e vendedores de água de coco? Então me dei conta da insólita figura que eu exibia. Como a viagem era bate e volta, não levei bermuda, maiô ou havaianas. Ao terminar o café, saí como estava. Calça branca, camiseta preta, sapatos e meia. Paulistano a toda prova. Faltava só o guarda-chuva. Eu não podia perder a manhã esplêndida, dentro de duas horas tomaria o avião de volta. Assim, caminhei, indiferente à roupa.

Agora, iniciei minhas férias de bienais, feiras, seminários, salões até o ano que vem. Os escritores, que nunca se encontram em suas cidades, sentam-se a falar, beber e comer pelo Brasil afora. Essa é a grande marca da literatura e da vida literária nestes tempos. Como jamais aconteceu em toda a história, autores têm atravessado o país, conversado, debatido, trocado ideias e farpas, rindo muito e lamentado, principalmente quando verificamos que sutilmente a censura se insinua de novo entre nós.

Na manhã do sábado, entrei no Mercado Público de Tambaú. Mercados são lugares em que sentimos a cidade, o povo, vemos a alma e o coração. Em volta, os flanelinhas vestindo uma camiseta: Consultor de Estacionamento. Criatividade. Passei por dezenas de pessoas debulhando ervilhas em bacias, coisa bem do meu interior. Dentro me vi sufocado pelo perfume das frutas em pilhas orgiásticas: mangas, pinhas, gordas graviolas, abacaxis sumarentos, laranjas, bananas de várias qualidades, maçãs, melancias, acerolas, cajás amarelos (pena, era cedo para uma cajarosca), uvas, goiabas, coco-verde e maduro. Falando nisso, em Tambaú bebi a água de coco mais barata do Brasil, R$ 1,00.

Na Adega do Alfredo, junto ao Hotel Royal, almocei um risoto de carne-seca molhadinho, apetitoso, uma lisonja ao paladar, como disse um vizinho de mesa, perfeito nordestino. Pena, sendo um dos *points* da cidade, não consegui jantar ali. Lotado, a espera é de horas. Cheguei às 23 horas, só me sentaria pela uma da manhã, ninguém tem pressa por aqueles lados. Sabem viver. Paulistanamente desisti. Como é duro ser paulista. No café da manhã, meu olhar guloso tentou se decidir entre farofa de cuscuz, galinha guisada, inhame, ovos mexidos, bolo de milho, bolo baieta, cuca e pão de açúcar. Daquele restaurante fiquei com a imagem de oito mulheres que, no dia anterior, tinham chegado – segundo me contaram – por volta das 14 horas. Somente se levantam da mesa pelas 20 ou 21 horas. Todas as sextas-feiras ocupam a mesma mesa, comendo, bebendo, conversando, colocando em dia os assuntos da semana, contempladas por fotografias dos antepassados do dono do hotel, fotos do século XIX e inícios do XX, mulheres a rigor, com estolas de pele, homens sóbrios, todos elegantes, velando e zelando pela comida que ali é voluptuosa.

Na volta, da rodovia para o aeroporto, uma surpresa, lição de civilidade. O trânsito para, esperando os pedestres atravessarem a faixa. Botou o pé na faixa – numa rodovia, gente! –, os carros freiam. No aeroporto novo, uma surpresa, um bom lugar para se comer é o Sabor da Terra. Quem viaja sabe que comida de aeroporto é pior do que o desconforto dos aviões que nos amassam e afligem. Esta não! É regional e honesta como dizem os cronistas de gastronomia.

(3 de dezembro de 2010)

# Um beato de tapioca para o Zé Celso

FORTALEZA – Cadeiras azuis de plástico estavam ainda empilhadas quando chegamos à Praça Alberto de Souza, em Fortaleza, meia hora antes de o encontro começar. Noite de sábado. A lua crescente brilhava sobre o Rio Ceará e a pracinha localizada às suas margens. Barra do Ceará, subúrbio de Fortaleza, bairro grande, 62 mil habitantes, abandonado e violento. Foi ali que em 1612, Martins Soares Moreno fundou o Forte de São Sebastião, dando início à povoação da cidade. Próximo dali se encontra o antigo hidroporto, onde aterrissavam os aviões da Panair e da Condor, os únicos que chegavam à capital cearense nos anos 1930, começo dos 1940. No pequeno porto estão ancoradas embarcações que fazem turismo ecológico, visitando o manguezal que será transformado em área ambiental, as salinas, a colônia de pescadores Iparana que mantém formas seculares de pesca artesanal e a aldeia dos índios tapebas.

Um pequeno grupo de pessoas senta-se ao meu redor na pequena praça cimentada, ao lado do restaurante Albertu's, cuja varanda é um mirante sobre o rio. Ele funciona também como minicentro cultural do bairro. Crianças brincam ao redor de nós, cantando e gritando. Estou inaugurando um segmento da 6ª Bienal Internacional do Livro do Ceará, que tem como tema *Da Ibéria à América – Travessias Literárias*. Escritores do Brasil e do mundo estão aqui para debater, conversar no café literário, contar histórias, promover encontros, workshops, palestras, aulas, cursos, concertos, peças teatrais.

Sinto-me emocionado, participo da *Bienal fora da Bienal* e sou o primeiro de um grupo de escritores que estará na periferia de Fortaleza, em uma iniciativa inédita: ir ao povo em lugar de esperar que ele venha aos livros. Outros irão a Bom Jardim, a

Benfica, Quatro Varas, e a cidades como Crato e Quixeramobim. A Bienal, propriamente dita, instalou-se nos amplos pavilhões do Centro de Convenções Edson Queiroz e mostra-se lotada, todos os dias.

A diferença aqui em Fortaleza é que não se paga para ver livros e o acesso é fácil, gente de todo o tipo circula, de velhas com cabelos laqueados a jovens de sandálias havaianas e crianças. Andam, olham, folheiam, compram, conversam, param escritores, pedem autógrafos.

Agora é noite e, graças à insistência da professora Regina Fiuza, estou participando de uma experiência nova. Nesta praça longínqua, 27 pessoas sentam-se à minha volta, dispensamos o microfone, o bate-papo será cara a cara, íntimo. Um dos líderes da comunidade, Alberto Filho (a praça tem o nome do pai dele), estava meio constrangido, tinha acontecido um imprevisto, uma banda musical veio tocar no bairro e boa parte dos jovens que poderiam ser ouvintes se deslocou. Pouco importa, os que vieram estão interessados, tiveram boa vontade, querem saber de livros, olhar o escritor cara a cara, ouvir, fazer perguntas. A conversa flui durante hora e pouco, até mesmo as crianças que brincavam deram um tempo e vieram ouvir, ficaram 15 minutos e partiram, irrequietas. Os que aqui estão ouvem sobre como escrever, personagens, inspiração (o que será?), dificuldades, prazeres. Um dos ouvintes é Durvalino de Araújo, editor do tabloide local, o *Jornal da Barra*; outro, o bom poeta Diego Vinhas, que acabou de lançar *Primeiro as coisas morrem* (Coleção Guizos, Editora 7Letras que produz livros impecáveis, lindos); e estudantes, namoradas, alguns populares (passaram, pararam) e três jornalistas que me acompanharam para ver como seria esta iniciativa inédita: Alessandra, do jornal *O Povo*, Schneider, do *Jornal do Commércio* do Recife, e o fotógrafo Regivaldo.

É um momento bonito da minha carreira. Instante simples que significa muito. Pode ser uma possível mudança nos futuros eventos tipo bienal: em vez de esperar que as pessoas venham ao encontro da bienal, a bienal é que vai até elas. Uma semente está sendo lançada pela gente do Ceará. Cada um de nós nesta noite em que a lua brilha sobre o rio está fazendo sua parte; quem fala, quem ouve, quem promove. Hoje somos 27, na próxima Bienal talvez sejamos 60, na seguinte, quem sabe quantos. Um dia, a praça estará cheia e os livros acontecendo em todos os bairros. Acreditar e fazer. Aqui estou e sei que estou me renovando. Gosto de recomeçar e me encanta ser cobaia de momentos assim.[1]

Na noite anterior, antes de uma palestra para o Centro Cultural Banco do Brasil, entrei na tenda erguida na Praia de Iracema, onde ocorreram eventos paralelos. Vi um homem magro, rijo, de olhos vivos, montando pequenos tabuleiros de xadrez, em que cada jogo tinha um tema, como o reisado e outras festas populares, cangaceiros contra a volante, rendeiras. Então, bati os olhos na Guerra de Canudos, em que o rei é representado pelo Conselheiro e as torres por canhões, o bispo por beatos. Tudo pequeno, delicado, colorido, vivo. Trabalho de uma perfeição espantosa feito com goma de tapioca e cola. Os tabuleiros, também de tapioca, refletem o chão agreste da caatinga, o solo rachado. Demóstenes Xavier Fidelis, de Juazeiro do Norte, região do Cariri, que cria essas emoções, com sua mulher Lulu, estava montando a exposição. A maioria dos trabalhos estava comprado, um pelo Antonio Nóbrega, outro pelo Alceu Valença, e assim por diante. Consegui o meu e ao olhar a Guerra de Canudos comentei com minha mulher:

– Zé Celso iria adorar! Está encenando *Os Sertões*.

Demóstenes ouviu, ficou nos olhando ressabiado, chegou:

– O senhor conhece o Zé? Conhece bem?

Disse que sim, somos amigos de infância. E ele:

---

[1] Na Bienal seguinte, soube que, no mesmo local, havia mais de 150 pessoas. Na terceira vez, cerca de 200. Deu certo.

– Quem diria, quem diria? Sabe quem é a maior fã dele?

– Não tenho ideia.

– Minha filha Tamara, de 3 anos.

– Três anos? E conhece o Zé?

– Ela viu o Zé dar uma entrevista na televisão e ficou fascinada com a gesticulação, a maneira amalucada, segura ao falar. Ela imita igual, é perfeita. Adora o Zé! Nós também por tudo o que construiu e cria! Posso pedir uma coisa? Um favor?

– Peça!

– Sei que ele está encenando *Os Sertões*. Pode levar um beato de goma de tapioca para ele?

E me entregou a figura de um homem seco, descarnado, barbudo, com um estandarte nas mãos. Coincidência ou acaso? Sempre pergunto: existem? Eu, amigo do Zé, de repente me vi ligando o Cariri, Araraquara, São Paulo e gerações. Tamara, de 3 anos, Zé de quase 70. A arte do pai dela, em massa de tapioca, a arte do Zé, no palco do Oficina. Grande e diverso é o Brasil.

Adoro pedir tapioca com queijo de coalho nos cafés da manhã.

(3 de setembro de 2004)

# Um litro de puro mel, que belo cachê

OCARA – Quase não vi a 7ª Bienal Internacional do Livro do Ceará. Não tive tempo de percorrer estandes, mas estandes de livros eu conheço, ainda que essas bienais regionais tragam um segmento interessante, o dos autores locais, muitas vezes ótimos, mas sem espaço no Sul. Por Sul entendam o eixo Rio-São Paulo. Não vi o que estava exposto porque quando me convidaram, disse que aceitava, desde que participasse da Bienal Fora da Bienal. Porque o Ceará foi o único lugar que inovou. Saiu daquele ambiente restrito dos estandes e das vendas de livros, para se aventurar em algo maior. A Bienal ocorre também nos bairros carentes de Fortaleza e em algumas cidades do interior. Na Bienal passada fui à Barra do Ceará, subúrbio longínquo e esquecido, e falei embaixo de um viaduto, para um grupo de pessoas sentadas nas cadeiras de plástico de uma lanchonete. Este ano, avancei, fui ao começo do sertão.

Cheguei a Fortaleza às três e meia da madrugada de sábado e na van para o hotel fiquei sabendo que às 7 de manhã deveria estar a postos para ir a Ocara. Dormi o pouco que tinha a dormir, comi minha tapioca com queijo de coalho no café da manhã, tomei um suco de acerola e, acompanhados por Vânia Vasconcelos – que no domingo à noite, mediaria uma conversa comigo sobre Travessias do Jornalismo à Literatura –, nos acomodamos na van rumo ao sul. Atravessamos cidadezinhas minúsculas, batidas pelo sol, passamos por Chorozinho e Novo Horizonte. A estrada alternava trechos novos com buraqueira e poeira; todavia, vez ou outra, a vista mergulha em imensas plantações de caju, que têm uma aura de jardins orientais, verdes e calmos. Quando passei pela fábrica dos sucos Jandaia, entendi os grandes pomares e descobri que a Jandaia nasceu em 1941, informação irrelevante, mas que me lembrou o ano em que minha mãe decidiu que eu iria para a escola.

Hora e meia mais tarde entrávamos em Ocara (que 240quer dizer pátio, terreiro ou terraço da aldeia), cidade de 22.600 habitantes, a 82 quilômetros de Fortaleza, que vive de feijão, milho, caju e mel. Cruzamos ruas silenciosas, fomos recebidos por Maria Auricélia Alves, que coordenou tudo na cidade, paramos para um café da manhã e nos dirigimos ao Centro Sócio Cultural de Jovens da Vila de São Marcos, onde eu deveria falar. Surpresa, agradável espanto. O que mostrou, quando se faz, se oferece, as pessoas estão prontas, querem receber, ficam ansiosas. O galpão estava lotado. Professores, estudantes do curso médio, crianças, mães com crianças ao colo, universitários de um curso de Letras da região. Todos vestidos em roupas de domingo, arrumadíssimos, iam ver o escritor. Nunca antes um escritor passara por ali. Nas paredes, desenhos inspirados por contos meus como *O homem que viu sua orelha crescer*, *O homem que viu o lagarto comer seu filho* e outros, recriados por alunos que tinham estudado os textos.

Havia mais de 200 pessoas à espera e a manhã começou com um reisado em minha homenagem, cheio de humor, com o boi dançando valsas e xotes. Senti-me honrado (sim, a expressão é esta) porque o Profeta do Tempo da vila, um homem com 92 anos, veio como boi fazer a dança em minha homenagem. Estava aposentado, mas fez questão de dançar. Espero dançar como ele aos 92. Ou ao menos chegar lá.

Depois, por duas horas falei de romances e crônicas, inspiração e personagens, nomes e títulos, vida e livros, contando histórias, porque você ganha as pessoas contando histórias, e as perguntas rolaram e a coisa parecia não acabar, e a energia que vinha daquele povo simples e sincero era imensa, tinha varrido todo meu cansaço, estávamos nos divertindo. Porque literatura é prazer e, como disse uma professora, eu estava dessacralizando. Quer dizer, tirando a literatura do pedestal, colocando ao alcance das pessoas. Porque, a princípio, estavam todos assustados, imaginando uma fala acadêmica, empolada, inatingível, coisa de universidade, metalinguagem e semelhantes, algo que iria afastar, mas de repente entramos numa mesma órbita de humor e prazer.

Eu estava emocionado porque sabia que naquela plateia existia um grupo especial de dez jovens, os Agentes de Leitura, iniciativa de Secretaria de Cultura do Estado que deveria ser imitada pelo Brasil inteiro. A secretária Cláudia Leitão – as mulheres estão mais velozes e cheias de ideias do que os homens – montou os Agentes que é uma coisa linda. Jovens saem de bicicleta, carregando nas costas uma estante-mochila cheia de livros. Percorrem os bairros carentes ou seguem para vilas, povoações, comunidades, contando histórias, lendo livros, conversando sobre literatura e também emprestando os livros, sendo que voltam na semana seguinte para recolher. A ação está se espalhando e se o agente chega atrasado, ou um dia depois do combinado, há protestos, reclamações, quase brigas. Por causa de livros e de histórias. Esta é uma das mil maneiras de se formar leitores, saibam nossos educadores.

Tivéssemos dez mil Agentes de Leitura pelo Brasil já teríamos uma mudança no panorama. Mas não! Ficamos esperando tudo desse governo federal que não tem um pingo de interesse em literatura. Por que não aproveitarmos a experiência de uns e outros e montar um grande programa?

Depois do almoço preparado pelo Eugênio em seu pequeno lugar, uma galinha de cabidela com baião de dois – pena, a temporada de caju ainda não começou, um suco da fruta cairia bem –, pegamos estradinhas vicinais, de terra e nos metemos por dentro de sítios e fazendas até chegar à casa do Wagner, um dos mais célebres fabricantes de bonecos de mamulengo da região. Wagner não estava, porém a mãe dele nos mostrou os bonecos, feitos com imburana, pequena árvore da caatinga, cuja madeira branca e dura é ideal. Pelo que me foi dito, parece que está cada vez mais difícil encontrar essa espécie, muito utilizada na carpintaria nordestina. Num pacote descobrimos, amontoadas, pequenas obras-primas, os bonecos, cada um deles uma personagem popular, sendo que o sanfoneiro é o favorito de Wagner, que, nos advertiu a mãe, não deixa ninguém tocar nele.

O espantoso deste Brasil é descobrir o talento, a genialidade natural, e a criatividade enfiadas num sítio no meio do Nordeste, num lugar sem informação e sem comunicação. De onde Wagner tira seus referenciais, suas personagens, seus rostos, se não da imaginação e do delírio? As caras são de gente que ele vê por aí, disse a mãe, ainda que o nariz de todos seja o dele mesmo. Assim, deixei o sertão cearense maravilhado com esse mistério na cabeça. Não posso esquecer que em Ocara, no final de tudo, além de ganhar de mestre Luciano, um artista popular, um boi de reisado, vivi algo que me tocou. Uma senhora se aproximou, muito humilde, de boa idade:

— Posso perguntar uma coisa?

— Claro.

— Como o senhor faz um livro?

— Como faço? Como escrevo?

— É. Como põe cada letrinha no papel.

Impasse. Ela desejava saber sobre o ato de escrever ou sobre a tipografia. Disse que primeiro pensava bem pensada a história. Depois, com uma máquina ia enchendo o papel de letras, de palavras.

— Então tem uma maquininha que ajuda? Maquininha cheia de letras? E as letras nunca acabam?

— Nunca.

— E o senhor compra as letras, assim como a gente compra as sementes? Também tenho uma maquininha de plantar semente na terra.

— É isso, é igual.

— Muito obrigada. Será que um dia uma dessas professoras

me ensina a ler e a escrever? Achei bonito o que o senhor disse aqui, devia ter sempre. O senhor aceita um presente? Meu. Feito no meu quintal. Coisa pura. Tenho umas abelhinhas muito trabalhadoras.

Apanhou das mãos de Maria Auricélia, a coordenadora, que ouvia, comovida como eu, uma garrafa tendo como rolha um sabugo de milho. Cheia de mel puro (sem nenhum toque de industrialização), perfumado, doce e penetrante. Podem me pagar quanto quiserem, nada vai superar este cachê da cabocla de Ocara.

(25 de agosto de 2006)

# Patolas de caranguejo e ovas de curimatã

NATAL – Quando entrei no camarim, José Carlos Capinam estava de cabeça baixa, concentrado. Como nos camarins havia sempre cestas de frutas frescas e muita água de coco, eu dava escapadas, me refazia. Daqui a pouco Capinam estaria no palco, ao lado de Jomard Muniz de Brito. Tentei sair, quieto, ele abriu os olhos, me apontou o sofá. Desculpei-me:

– Só vim tomar uma água de coco, comer uma fruta, estou tenso.

Ele sorriu:

– Sente-se aí, também estou com TPM.

Imaginem, Capinam com TPM, o homem de tantos poemas, de canções que amo como *Ponteio, Estranho olhar, Moça bonita, O tempo e o rio, Mulher*. Capinam que compartilhou a cena com Torquato Neto e Waly Salomão, convive com Caetano, Gil, Tom Zé, Vevé Calazans, Zeca Baleiro, Nonato Luiz, Francis Hime. Ele definiu a nossa TPM:

Tensão Pré Manifestação. Dá em muita gente, antes de entrar no palco.

Lembrei-me de uma tarde de sábado, começo dos anos 1980. Fui buscar uma namorada que era repórter da TV Bandeirantes. Ela estava nos bastidores do programa do Chacrinha, no teatro que a televisão mantinha na Avenida Brigadeiro Luís Antônio. Aproximei, ela conversava com Leleco, filho do Chacrinha, e apontava para o "velho guerreiro", como era chamado.[1] Num canto, cabeça baixa, Chacrinha parecia muito concentrado. Leleco explicou:

---
[1] Foi Gilberto Gil quem chamou Chacrinha de "velho guerreiro", e assim ficou.

– Não é concentração, não! É pavor! Ele treme cada vez que vai entrar no palco.

– Não acredito, disse. Fez isso mil vezes e fica nervoso?

– Fica! E se enche de Maracugina. Cada vez que entrou seguro de si, confiante, deu merda por todo lado. É programa ao vivo.

Contei isso a Capinam, rimos e continuamos conversando. Eu falaria depois dele, encerrando o Primeiro Encontro Natalense de Escritores, ou simplesmente ENE. Na plateia estavam 400 pessoas e com o avançar da noite teríamos entre 800 e 900. De Capinam jamais esqueço três versos de *Movimento dos barcos*:

*Desculpe a paz que eu lhe roubei*
*E o futuro esperado que eu não dei*
*É impossível levar um barco sem temporais*

Poetas traduzem o que não temos talento para definir. O bom desses encontros é o corpo a corpo com leitores, é o processo de sedução das pessoas para que leiam. O bom desses encontros são os encontros fora dos encontros e o início de amizades que se fortalecem com o tempo. Pessoas que sempre admirei, de repente estão ao meu lado, partilham da mesa no café da manhã ou de um jantar, como Villas-Boas Corrêa, jornalista que invejo pela precisão na interpretação do fato político, ou Paulinho da Viola, Capinam, Nelson Mota, Antônio Cícero. O bom são os reencontros com Affonso Romano de Sant'Anna, Zuenir Ventura, Jorge Mautner, Marize Castro, Antonio Prata. Bom é o conhecimento com Evanildo Bechara, Emerson Tin, Marcos Morais – que tem, como eu, mania por cartas, especializou-se em epistolografia, vejam só –, Constância Lima Duarte. Bom é estar sentado num bar da Rua Chile, na Ribeira, cais do porto, bairro em processo de revitalização, e dar com a poesia de Antonio Naud Júnior, autor de *Suave é o coração enamorado*. Dele guardei:

*Se um homem chora na noite
e ninguém o vê chorar
lágrimas correm no seu rosto?*

Este Encontro Natalense foi em homenagem (claro) a Câmara Cascudo. Eficiente, com defeitos mínimos para quem fez uma coisa pela primeira vez. Organização impecável comandada por Dácio Galvão, presidente da Fundação Cultural Capitania das Artes (que, aliás, publica uma excelente revista cultural, *Brouhaha*), secundado por Candinha Bezerra e Maria Olga Aranha. Tudo funcionou com mecanismos ajustados, desde o atendimento pelas recepcionistas até as correrias e quebra-galhos de gente pau para toda obra, como Petit das Virgens, Núbia Álvares, Alessandra Macedo e Adriana Rocha. E passando pela evolução das mesas, mediadas com desenvoltura por Margot Ferreira, onde foram discutidas as novas narrativas, a literatura potiguar, a redefinição de Centro e periferia, a poesia e o poema, a poesia e a música, ficção e não ficção, o texto novo, o papel das academias, o jornalismo político e seu parentesco com a literatura, a escritura epistolar de Câmara Cascudo e o processo de criação. Três dias e três shows de fina estampa: Paulinho da Viola, Ná Ozzetti e Roberta Sá (que nasceu na cidade e é ídolo).

Falamos todos sobre a palavra. O tema será sempre a palavra. A busca da palavra perfeita. E me ocorreu um verso de Marize Castro, de seu último livro, *Esperado ouro*, produto de emoção, apuro e maturidade, que pode ser o lema do ENE, daqui para a frente: "Palavras quando caem sobre a gente surpreendem, adoçam, cortam". Aqui se define a literatura. Emoção foi o Grupo Araruna, Sociedade de Danças Antigas e Semidesaparecidas (só o nome é uma delícia), daquelas coisas que nos surpreendem no Brasil, significam que tem gente trabalhando, fazendo, conservando. A sociedade existe desde 1949, tendo sido fundada por Câmara Cascudo, Veríssimo de Melo, Djalma Maranhão e mestre

Cornélio Campina, que, aos 98 anos, frágil, pequeno, mas obstinado, continua à frente do grupo, cantando e dançando. A sensação que Zuenir Ventura e eu tivemos é que estávamos olhando para uma gravura de Debret, pelo tipo físico e pelos figurinos no palco. Sonhos e projetos de vida são as melhores coisas para nos manter de pé.

Tudo terminou no domingo com um almoço à beira-mar, na casa de Norma e Murilo Melo Filho, na Praia do Cotovelo. Sol, o mar verde, água de coco vinda dos coqueiros da casa, casquinhas e patolas de caranguejo, ovas de curimatã (o caviar potiguar), paçoca, peixe, bacalhau, massas com camarões, salada de feijão-verde. Foi a primeira vez que Murilo (ícone do jornalismo político) e eu nos encontramos, porém parecia que éramos amigos há décadas. Imaginei: pensar que eu, jovem, lia Murilo na *Manchete*, onde ele era jornalista político e estrela, e estar anos depois ao seu lado numa praia do Rio Grande do Norte. Hospitaleiros, aconchegantes, Norma e ele prepararam o que nosso grupo só encontrou uma palavra para definir: ágape.[2] Coisa de glutões romanos. O sabor, a cor, o cheiro, o tempero, a amabilidade, a paixão, tudo veio contido naquele almoço num recanto do paraíso. Quando, eufórico, o prefeito Carlos Eduardo Alves, que acreditou e investiu no ENE, comunicava que no ano que vem haverá o segundo, alguém, olhando a hora, alertou: vamos perder o avião. Sorrisos se esboçaram no ar. Partir? Para que, para onde? Por quê? Deixem que os aviões, sempre atrasados, partam vazios.

Perfumado pelos sucos de cajá e mangaba, o peixe se desmanchou na boca, a delicadeza das ovas de curimatã impregnou todos os sentidos, o vento salgado dissolveu o calor do sol. Naquele instante éramos felizes.

(1º de dezembro de 2006)

---

[2] Esclareço nesta nota escrita em 2012. Não se trata daquele *Ágape* horrendo que o padre Marcelo Rossi impinge como literatura. Longe disso!

# Onde alunos leem 20 livros por mês

TERESINA – A cada passo, o espanto. Por fora parecia uma escola normal, o muro alto vedando a visão. Transposto o portão, o inesperado, a absoluta limpeza. Logo, outro assombro, não há uma só grade. Antes de começar a visita, fui ao banheiro. Imaculado. Desentendi. Não é uma escola pública em um dos bairros mais afastados da capital do Piauí? Um dos mais violentos, abandonados? Não é uma escola para alunos carentes, aqueles a quem a vida pouco dá, ao contrário, vai tirando, sugando? Nenhuma grade para proteger do mundo exterior, nenhum grafite nas paredes e nem uma janela quebrada. A admiração cresceria a cada passo, relevando-me a diversidade brasileira, nossas incoerências e contradições.

Levado pelas diretoras Osana Morais e Ruthneia Costa percorri classes, recebido por alunos sorridentes, de alto-astral, que me cantaram canções alegres. Já fui a muita escola de periferia em São Paulo e pelo Brasil. Alunos tristes, baixa autoestima, professores desiludidos, agredidos, humilhados. Instalações precárias, banheiros fedorentos, falta de carteiras, de material, paredes repletas de inscrições ininteligíveis, grades para evitar roubos e depredações, cozinhas precárias, merendas destinadas a fomentar subnutrição. Síntese do ensino brasileiro. Não nesta escola chamada Casa Meio Norte! Tudo é diferente!

Por que decidi vir, abandonando outros compromissos? Recém-chegado de Belém, ainda no aeroporto me disseram: "Nessa escola, cada aluno lê entre 20 a 30 livros por mês". Loucura, impossível! Vamos lá, quero ver! Não acreditei, até chegar. Na Casa Meio Norte, na Cidade Leste, as crianças têm paixão por livros e pela escrita. Cada sala de aula tem uma sacola com 50 ou mais livros, não há uma biblioteca central. O livro faz parte do cotidiano. As crianças descobriram que, por meio da literatura, podem escapar da áspera realidade em que estão envolvidas e à qual fatalmente seriam conduzidas. Um presente sem futuro. Tornado futuro pela escola, pela leitura e pela escrita.

Cidade Leste vive sob o domínio da violência, há todo tipo de foras da lei, do traficante ao ladrão, ao ladrãozinho, ao futuro ladrão, a assassinos. Esses meninos da Casa estariam destinados a se tornarem "mulas", transportando drogas, ou estariam nas ruas pedindo esmolas, roubando. Estariam soltos, abandonados, enviados à morte prematura. Os pais aqui são do tráfico, da delinquência. Há quem não conheça o pai, há quem não saiba quem é sua mãe. Todavia, quando entramos e vemos aqueles rostos orgulhosos, sabemos, tudo indica, que estão salvos. Nessa Casa comem quatro refeições por dia, quando o normal, fora dessas paredes, seria não comerem nada.

Para ajudar a manter a Casa, o jornal *Meio Norte*, do Grupo de Comunicação Meio Norte, um dos principais de Teresina, entra com apoio, patrocina material e uma série de realizações. Acreditam que responsabilidade social pode gerar mudanças. Assim que entrei, uma menina de 10 anos, Mariana Garcês, apanhou o caderno e leu um poema. Depois me deu a folha. Autografada, claro!

*Se você do vício*
*consegue se livrar*
*fecha a porta*
*para eu não entrar.*
*Se você na escola*
*conseguir entrar*
*deixe a porta aberta*
*para eu passar.*

Contei minha história, a do *Menino que vendia palavras,* meu livro infantil. Revelei que também fui pobre, lia muito, escrevia. A guarda estava aberta, havia um ponto em comum: as privações da infância. A cada passo, um aluno queria me mostrar um texto. Numa das classes, Anderson, dos mais tímidos da escola, encontrou coragem, me disse também um poema. Não conseguiu terminar, chorou de emoção. Todos queriam falar dos livros que leram, e foram tantos. A turma – são 680 alunos – lê mais do que muito universitário da USP ou da PUC, do que muito menino de classe média e média alta do ensino privado. Eles gostam de ouvir e de contar histórias.

Muitos não sabem se verão o pai no dia seguinte, habituados ao cotidiano de violência que permeia lá fora. Muitos desses pais são aqueles que garantem a "segurança" da Casa Meio Norte. Certo dia, uma gangue de outro bairro roubou todo o equipamento de informática da escola. Quatro horas depois os equipamentos "estavam de volta", resgatados. Há um conceito diluído no ar: *Não mexam com a escola!*

Muitas vezes, na reunião de pais e mestres, professores deparam com homens vestidos corretamente, camisas de mangas compridas para esconder tatuagens ou cicatrizes, participando, dando opinião, perguntando. Eles não querem que os filhos sejam como eles. E os filhos não querem ser. Essa escola de ensino aplicado, que existe há dez anos, está realizando aquilo que todos desejam, e responde a pergunta que ouvimos pelo Brasil inteiro: como fazer a criança ler? Como tirá-las das ruas, dar identidade, ensinar cidadania? Aquela meninada sabe mais de cidadania do que muito ministro e milhares de parlamentares federais, estaduais, municipais, envolvidos em maracutaias sem fim.

Seminários, convenções, simpósios, debates de "alto nível", comissões de governo. Não tem adiantado ao longo de décadas. Basta vir a Teresina e conversar com os 28 professores da Casa, um grupo de abnegados apaixonados por livros, histórias, fantasias. Ainda que com o pé inteiro na realidade. Os olhos daquela gente são iluminados. Aqui entra o paradoxo, a estranha maneira pela qual tudo funciona no Brasil e que nenhum ministro, secretário, educador, técnico, profissional consegue entender. Soluções ao contrário, o mundo funcionando ao reverso. À *rebours*, diria Huysmans. Há o Brasil aparente e o Brasil oculto com pessoas admiráveis sobre as quais não cai um foco de luz e elas não precisam, são alimentadas por sonhos e ideais. Brasil que caminha.[1]

---

[1] No dia 11 de junho de 2012 estive em Teresina para receber o título de Cidadão Piauiense, concedido pela Assembleia Legislativa. A Assembleia estava inteiramente tomada por 200 alunos da Casa Meio Norte que cantaram para mim, declamaram poesia e se alegraram juntos. Foi uma festa também deles.

# A plateia que aplaudiu o nascimento

MOSSORÓ – Deveria chegar às 12 horas, mas o voo Varig chegou três horas mais tarde. No *finger* em Guarulhos ficamos parados longo tempo sofrendo um calor infernal. Passageiros quase agrediam as pobres comissárias que tinham de sair com evasivas. Quando o avião subiu, o comandante, com voz constrangida, teve a coragem de comunicar que o sistema de ar refrigerado estava quebrado, a empresa terceirizou a operação e naquele momento não havia nenhum técnico no aeroporto. Com tudo isso, ainda sinto carinho pela Varig, pelo charme do nome, lembrando aquele tempo em que a sua gastronomia e pontualidade eram invejadas pelo mundo, um referencial. Mais uma instituição brasileira que se desmorona, assim como o Legislativo.

Entre Fortaleza e Mossoró são 250 quilômetros de pista única, mas bem conservada, os trechos estaduais impecáveis, os federais menos, mas mesmo assim bons. Atravessamos a caatinga, a vegetação mirrada, passamos sobre pontes que se elevam sobre o vazio de rios secos, há lagoas de areia, açudes com o solo rachado. Penso que saí de uma São Paulo que exibia pedaços inundados na Marginal do Tietê. Até nisso a distribuição é injusta no Brasil. Quase não se vê gente, devem estar abrigados do sol de 40 graus – temperatura normal entre 13 e 16 horas em Mossoró. Vilas de dez casas ou de 30, naquela arquitetura típica, linhas retas, despojadas, parece que a Bauhaus passou por aqui. São tão simples as casas que se sofisticam no design. Lembro-me de um belo livro de fotos de Anna Mariani sobre as casas nordestinas. Os carnaubais se sucedem, se alternam com cajueiros e mangueiras. Viajamos um bom tempo junto ao litoral cearense, paramos para almoçar em Aracati, no Mirante das Gamboas, recomendo, peçam os camarões, e chegamos a Mossoró no começo da noite. No Nordeste não há horário de verão.

Minha relação com Mossoró, a primeira cidade a libertar os escravos no Brasil, é antiga, tem 48 anos, mas só agora vim à cidade. Ela começou com Dorian Jorge Freire em 1957, quando entrei no jornal *Última Hora* e conheci aquele homem baixo, cabeça grande, passos miúdos, óculos, cabelos lisos.[1] Era o redator principal e exibia um diferencial em relação aos outros jornalistas da época: tinha bom texto e um sólido lastro cultural. Lia principalmente os pensadores católicos. Sua correspondência com Alceu Amoroso Lima deve ser publicada pela Coleção Mossoroense, da Fundação Vingt-Un Rosado, me disse Gonzaga, secretário de Cultura e livreiro que, como eu, carrega uma culpa em relação a Dorian: nunca me levou à cidade para um lançamento, apesar da insistência do amigo; quanto a mim, quando cheguei à cidade, ele já não estava mais lá, faleceu em agosto. Dorian, depois de uma carreira brilhante em São Paulo (foi o primeiro ombudsman, antes que esse "cargo" existisse; era a consciência de toda a imprensa, analisava e criticava os jornais), retornou à cidade natal. Talvez pensasse como Chekhov, "minha aldeia é o mundo". Jornalista, cronista, senso crítico agudo, ácido muitas vezes, publicou dois livros, *Os dias de domingo* e *Veredas de meu caminho*, e deu aulas na faculdade de jornalismo. "Sabia dizer em quatro linhas o que outros fariam em dezenas de páginas", disse Vingt-Un Rosado. Ah, se cada cidade brasileira tivesse uma coleção como esta Mossoroense! Já publicou mais de 4 mil textos. Mil sobre a seca. Aziz Ab'Saber, esse homem admirável[2] se admirou com o material que ali encontrou.

Mossoró realizou sua primeira Feira de Livros. Modesta, pioneira. Porto Alegre teve sua primeira, hoje tem mais de 50. O que importa é iniciar, falar de livros, deixar o povo vir e mexer, fazer as

---

[1] Há mais informações sobre Dorian no meu livro *Depois do sol* (Global, 2. ed., 2005), na seção "Making Of".

[2] Aziz Ab'Saber, falecido recentemente, foi um dos acadêmicos que mais se dedicou ao estudo do meio ambiente e a luta pela sua defesa.

crianças se habituarem. A cidade, que é rica em petróleo e salinas, tem uma enorme autoestima e isso é invejável, fundamental. José Castello abriu a Feira, eu fechei, na noite de sábado, no auditório da Estação do Livro (a antiga estação ferroviária, recuperada) que agora passa a se chamar Auditório Dorian Jorge Freire. Ele vai ter estátua na praça onde morou a vida toda. Estará sentado olhando para a biblioteca que ali foi instalada e para onde transplantarão também seus livros, imenso acervo. Nessa noite assistida por Raíssa, filha de Dorian, os aplausos acabaram divididos, mas tenho certeza que meu amigo não se agastou, como dizem pelo Nordeste.

Quando entrei, coloquei meus cadernos e livros sobre a mesa e, mostrando um celular – levei o de minha filha, não tenho um, sou meio anacrônico –, avisei: "Me permitam, vou deixar ligado, minha nora entrou na maternidade há uma hora, meu neto está para nascer. Se tocar, me perdoem". As pessoas sorriram – há uma comovente hospitalidade, enorme aconchego no mossoroense – e desligaram os próprios celulares.

A poucos passos do final, o telefone tocou, Daniel me comunicou: "Pai, nasceu, está bem". Fiz um sinal para a plateia, significando que sim, tinha nascido. Como se tivessem ensaiado, ou combinado, todos se levantaram e aplaudiram, fui à beira do palco e com o celular estendido deixei que Daniel ouvisse as palmas para meu neto. "Como se chama?", perguntaram em uníssono. "Lucas." Aquele que nasceu com os aplausos de uma gente que, espero, ele conheça um dia, e goste como eu.

(4 de novembro de 2005)

# Cabeça de galo e queijo de coalho

JOÃO PESSOA – Numa barraca à beira-mar, vi o sujeito comendo um bolo de mandioca. Antes de me decidir, perguntei a ele:

– Está bom?

Ele me avaliou, pareceu ter me aprovado:

– Rapaz. Vou te dizer que está bem bom.

A todos a quem você agradece, "obrigado", vem a resposta afável: "Disponha". A cidade é aconchegante e o povo, hospitaleiro e alegre. Durante uma semana, aconteceu a 1ª Bienal de Livros da capital da Paraíba, promovida pela Acessus, do Salustiano Fagundes, o Salu, que vem implantando feiras de livros pelo Nordeste. Pioneiras na região, são pequenas ainda, mas despertam curiosidade e atraem o público. O poder público podia se comover mais e dar importância à cultura, entrando no jogo. Um dia, essas bienais serão tradição, como têm hoje Porto Alegre, Passo Fundo, Paraty. Começar é preciso (Por que essa ordem indireta? Pirei?). Em João Pessoa falaram Marina Colasanti, Affonso Romano de Sant'Anna, Zuenir Ventura e outros. Gente da pesada.

Não esquecer que a Paraíba é a terra de José Lins do Rego, Augusto dos Anjos, Edilberto Coutinho, Ernani Sátiro, Perminio Asfora, Políbio Alves, Aldo Lopes. E, claro, de José Américo de Almeida. Também de Ariano Suassuna que ali nasceu, aliás no Palácio, uma vez que seu pai foi governador. Conta-se que, anos mais tarde, Ariano, ao voltar à cidade, foi visitar a casa em que nasceu. Um funcionário empertigado, ao vê-lo em mangas de camisa, botou a mão em seu peito: "Não se entra no palácio sem paletó e gravata!" E Ariano, enfezado: "Pois entro! Andei descalço e pelado nestes quartos e corredores, não vou entrar de camisa?" Como não citar o nosso José Nêumanne, poeta e romancista, saboroso contador de causos?

A Paraíba, chamada de "pequenina e heroica", teve a mais doce cana-de-açúcar e o melhor pau-brasil do mundo, segundo a crônica ultramarina. Hoje tem o melhor sisal, o algodão de fibra longa, um abacaxi dulcíssimo, o Pérola, um rebanho caprino insuperável, uma indústria têxtil em plena evolução e cerâmica de primeira linha. Paraibanos ficam bravos se alguém não cita o Cabo Branco, como o ponto mais oriental das Américas, o que é contestado por outros Estados, mas eles comprovam com alguns metros a mais.

Para visitar a cidade é preciso ter o privilégio de contar com acompanhantes como Chico Pereira, artista plástico, designer, historiador, apaixonado, e com Vladimir Neiva, ao lado. Nenhum detalhe nos escapa. Ao fim do dia, depois de olhar a paisagem do alto do Hotel Globo (nada a ver com a televisão, nada, era o antigo hotel dos comerciantes junto ao porto), você está apaixonado. A imensidão verde, os mangues, os canaviais ao longe, o Rio Parahyba correndo manso, deslumbraram também Franz Post, que aqui esteve quando a Paraíba era a terceira capitania em importância, antes da invasão holandesa. A paisagem hipnotiza e paralisa, é impossível arredar pé.

No entanto, é preciso partir para chegar à igreja menina dos olhos de Darcy Ribeiro, que a considerava um dos monumentos barrocos mais belos do mundo, a de São Francisco. E o crítico Clarival do Prado Valadares a definiu como a igreja mais bonita do Brasil. Novo deslumbramento. Ao chegar, deite-se no chão e contemple o teto, com as pinturas em *trompe-l'oeil*. O que a arte moderna diz que foi inventada por ela já estava nesse teto havia séculos. Conforme você muda de lugar, as figuras se modificam e as colunas se inclinam. Pela janela da fachada, o sol, determinada hora do dia, penetra e se reflete em um crucifixo dourado que resplandece, transmitindo a "glória do Senhor".

Os arquitetos da época sabiam tudo. Tanto que em pleno inverno – estava -33°C – a igreja é fresca e a brisa circula. Apaixonado pela igreja e por sua terra, Chico Pereira se transfigura em êxtase, conhece e mostra cada detalhe, aponta para o púlpito que avança para a nave com uma decoração assombrosa, requintada. Então, percebemos que o tempo parou.

Felizmente, o centro da cidade antiga foi "esquecido" ou desprezado pela especulação imobiliária, de maneira que ainda permanecem de pé vários palacetes, casas coloniais, sobrados (o Pavilhão Chinês, onde as pessoas iam tomar chá à tarde, é lindo, merecia mais cuidado), vestígios de uma arquitetura que fez da cidade um centro sofisticado. No entanto, assinale-se uma tristeza. Aliás, duas. A Petrobras, que se orgulha tanto de incentivar a cultura nacional (e realmente patrocina coisas belas) e defender o patrimônio histórico, comete um crime. Quem vai visitar a Fortaleza de Santa Catarina, em Cabedelo, magnífica, imponente, símbolo da resistência paraibana, chora. O forte foi esmagado, oprimido e desapareceu envolvido pelos gigantescos tanques de combustível da Petrobras. Um crime, impiedade. Além disso, a visão do rio foi ocupada e se dissolveu, obscurecida por uma torre moderna, a do Moinho Tambaú. Curioso, parece que não existe Patrimônio Histórico neste Brasil. As boas cabeças da Paraíba lamentam e choram.

Era domingo e, de repente, estávamos numa casa à beira da praia. Neiva, da Grasset, uma das grandes gráficas do Estado, abriu e porta e disse: "Chegaram na hora. Vão experimentar cabeça de galo." Explicaram que é um prato típico. Para quem chega de uma noitada e precisa se retemperar. Tremi. Não gosto de frango, detesto, é trauma de infância e juventude – era comida de pobre, tinha todo dia, lembro-me do cheiro da água quente quando tiravam as penas. Cabeça de galo? Me imaginei comendo a cabeça da ave, chupando ossinhos. Teria de ser gentil, fazer o sacrifício? Mas quando chegou, me deliciei. É um caldo quente, pelando, com ervas variadas, pimenta e um ovo jogado dentro. Revigorante, alucinante. O nome vem do lugar onde ele nasceu, um boteco onde os boêmios chegavam de madrugada e queriam se recompor.

Como não queria sair sem uma boa carne de sol, me levaram à Tábua de Carne. Perfeito. Filé de carne de sol no ponto exato, manteiga da terra, na garrafa, pirão de queijo, paçoca e feijão-verde. Sobremesa? Abacaxi Pérola ou queijo de coalho com melaço. Há quem resista? Nas conversas com Chico Pereira e Vladimir soube das pesquisas e experiências nutricionais que vêm sendo feitas por especialistas com resultados excepcionais. No tocante à carne caprina, lembrar que bode é prato requintado. E os cheios de imaginação locais criaram o Mac Bode – um sucesso – e o Mac Cheiro (corruptela de macaxeira), outro êxito. Quem não gostou foi o McDonald's que protestou e processou. De nada adiantou, a coisa pegou. Saia da normalidade, jogue-se no seu país. Mac Bode e Mac Cheiro. Anote.

(2 de junho de 2006)

# Quebra-torto para desentortar

CORUMBÁ – Sete da manhã de domingo, tomo café no restaurante do hotel Gold Fish, às margens do Rio Paraguai. Lá embaixo, as águas escorrem lentas, quase imobilizadas. O movimento é denunciado pelos tufos de camalotes que descem a correnteza. O camalote é a planta regional, está para o Mato Grosso do Sul assim como a vitória-régia está para o Amazonas. Ela compõe o manto das Virgens Marias esculpidas em barro pelo artesanato local, um trabalho delicado. Assim como são comoventes as versões de São Francisco de Assis rodeado pelos pássaros do pantanal, o tuiuiu, a arara, o papagaio. Trabalhos feitos pelos meninos carentes que aderem ao Massa Barro, instituição onde são admitidos a partir dos nove anos para aprender ofício. A entidade se autoadministra, o governo não entra, o que significa que funciona sem nada atrapalhar, sem ingerências político-eleitoreiras.

Preparo-me para abrir o Quebra-torto nesta manhã de domingo. O tempo está fechado, faz 16 graus, as pessoas estão encapotadas em Corumbá, o que me causa estranheza, a região é absurdamente quente. O 2º Festival América do Sul começou no sábado passado e termina no próximo domingo. Escritores, cineastas, pintores, teatrólogos, músicos, artistas plásticos, fotógrafos do Paraguai, Uruguai, Bolívia Chile, Peru, Venezuela, Colômbia, Argentina, Equador, Guianas, Suriname aqui se reúnem, discutem e mostram criações que se espalham pela cidade, em diferentes espaços. Só que acontece em Corumbá, distante do eixo Rio-São Paulo que exerce ditadura na mídia, o que acontece fora dele é ignorado. Quando isso vai acabar? Sempre encontrei autores latino-americanos fora do Brasil, fora da América Latina. Nos Estados Unidos, na Itália, na Alemanha, na Áustria. Por que não aqui? O que sempre me deixou perplexo. Sinal da ausência de diálogo neste continente? O próprio Roa Bastos, gigante da literatura, falecido em abril de 2005, em uma carta enviada ao Festival de Corumbá, meses antes de morrer (ele foi homenageado em uma das edições do festival) disse estar trabalhando numa lista dos escritores do Brasil, constatando, "com certa decepção, que não temos traduções de suas obras para o espanhol. Ou as que existiam estão esgotadas. E, essas obras, queridos amigos, são a ponte de que precisam os povos para transitar o espírito comunitário e para adentrar-se verdadeiramente além, do mercado comercial e dos postais de turismo, na alma coletiva".

A verdade é que os países da América Latina estão com as costas voltadas para o Brasil, quando se trata da literatura brasileira. Não nos traduzem, não nos leem. Quando muito citam Machado de Assis e Guimarães Rosa. Desconhecimento total dos contemporâneos. Por outro lado, no Brasil lemos todos (muitas vezes em espanhol) e traduzimos a maioria. Não sei se por má vontade, se por arrogância, se por dificuldades normais, em todos os encontros com autores deste continente, eles não entendem o português, mesmo quando falado lentamente e não fazem o mínimo esforço, enquanto entendemos perfeitamente o espanhol. Há uma frase significativa na carta de Roa Bastos: "O Brasil tem sido historicamente a 'terra incógnita' da América do Sul. Como aqueles países míticos do 'Preste Juan' no Oriente, que procuravam insistentemente as expedições do príncipe Dom Henrique o Navegador, os hispano-americanos observam como entre brumas um país continental, gigantesco, que se estende majestoso pelas planícies, montanhas, morros, sertões, mar, selva e pântanos". O festival de Corumbá tem, portanto, importância, é uma chave, uma fenda no muro, princípio de abertura. Por isso tem de permanecer vivo. O ministro da Cultura, claro, não foi, estava na Suíça recebendo um prêmio ou fazendo show na França.

O Quebra-torto acontece todas as manhãs, às 8h30, no pátio da Casa do Artesão. A cada dia escritores falam com o público e lançam livros. Estamos ao ar livre, uma tênue tenda nos recobre, as cadeiras se estendem pelo gramado. À minha frente estão crianças de escola, escritores locais, jovens, senhoras bem arrumadas (afinal é domingo), universitários, jornalistas. Converso e olho para a mesa à minha esquerda, coberta de iguarias. Quebra-torto é um café da manhã pantaneiro, *brunch* para quem deseja palavra mais sofisticada. Falo e olho as jarras com sucos de laranja, de melancia e de frutas regionais. Falo e contemplo o guisadinho de mandioca, o arroz de carreteiro, a sopa paraguaia (que é sólida, não é sopa, é um bolo), o virado de ovo, a chipa (delicioso biscoito paraguaio de polvilho).

Luto entre a necessidade de dar meu recado direito e a vontade de ser breve e me atirar à mesa. Cumpro com o dever, a boca cheia d'água. Falo de livros, da vida, do trabalho do escritor no Brasil e penso no guisadinho feito por mestre Daves, *chef* que decifra todos os segredos da comida local.

A expressão "quebra-torto" me intrigava. Explicaram-me que antigamente – e ainda hoje em muitas fazendas – os cavaleiros montavam e saíam em busca do rebanho, espalhado pela vastidão do pantanal. Cavalgavam horas e horas até que, de fome, começavam a se inclinar sobre as montarias, curvando-se, esfomeados, até ficarem tortos nas selas. Era a hora de parar e abrir os embornais com a comida, o arroz tropeiro, a carne, a sopa paraguaia, o que houvesse. Ali se "quebrava o torto".

Há um Brasil desconhecido que se agita silencioso pelo interior, um Brasil que funciona. Corumbá fica nas margens do rio e as águas dão voltas e voltas e parecem se enroscar. Contemplando a cidade do alto, dos pés da estátua do Cristo Redentor, perdemos a respiração. À esquerda, a Bolívia; no meio a cidade horizontal determinada pelo rio; à direita, ao longe, o começo do Pantanal. Ao fundo, as montanhas. Dizem que a região foi mar e que, quando se chega de avião, dependendo do vento, se avista os paredões de pedra que contiveram as águas que se retiraram, deixando uma planície infinita, com jeito de mar verde, ondulado. A cidade tem pouquíssimos prédios e que assim se conserve. Centenas de casarões seculares indicam a riqueza que passou por ali no século XVIII. Há um processo de recuperação, de restauração, Corumbá é uma relíquia arquitetônica incomparável. Que não seja devorada pelo dinheiro, pela política! Ah! Sim! Acabei de falar e comi. Muito! Deixei-me tomar pela gula! Tudo isso graças aos livros, à literatura! Precisa ficar rico? Isso é riqueza!

# Cêis qui servi ou nóis qui servi

OURO PRETO – A literatura pode nos conduzir a um mundo doce e saboroso. Soube disso no momento em que entrava no Centro de Convenções de Ouro Preto para uma conversa com leitores, dentro do Projeto TIM. Um homem veio ao meu encontro, riso exuberante, braços estendidos. Era uma figura familiar e por segundos a minha memória começou a funcionar febril, ansiosa, porém, ele, educado, adiantou-se, eliminando minha angústia: "Paulo Lemos! Lembra-se?" Claro, Lemos manteve por um bom tempo a revista *Cult,* dedicada à literatura. A presença da *Cult*[1] foi uma espécie de oásis num panorama estéril em que minguavam as publicações no setor. Eu o conheci por meio do publicitário Zezé Brandão em um jantar, certa noite. Lemos estava, então, à frente de uma série de revistas customizadas no setor da medicina, farmácia, laboratórios. Acho que ele foi dos primeiros a ver que o mercado segmentado era o futuro.[2] Suas revistas estavam em todos os consultórios, eram lançadas aos milhares. Então, um dia dedicou-se à *Cult*, que teve um período de esplendor.

Depois, Lemos desapareceu, ninguém mais teve notícias. Acontece com muita gente. Um dia, a pessoa decide mudar de vida, de lugar, de maneira de viver, estilo de ser e se vai em busca de alguma coisa que satisfaça mais, traga felicidade. Ou foge de um mundo descontrolado. Afasta-se do caos paulistano.

Tive pouco tempo com Lemos. Mal terminada a conversa no auditório, ele precisou sair. Autografei *O anônimo célebre* e ele partiu com o sorriso e o charuto. No dia seguinte, no café da ma-

---

[1] A *Cult* ainda se mantém viva graças aos sonhos de Daysi Bregantini. A revista está com 16 anos e é das poucas a tratar de cultura com seriedade e pertinácia.

[2] Ainda que Luis Carta, um gênio da editoração, falecido prematuramente, tenha vislumbrado isso ainda na década de 1980.

nhã do Solar do Rosário, me contaram o apelido dele: Paulo Charuto. É carinhoso, Paulo é personagem da cidade. Em Ouro Preto, ele restaurou um prédio inteiro, mora em cima e, embaixo, tem sua fábrica de chocolates. Bombons deslumbrantes espalhavam-se pelas vitrines. O lugar também é um café. Ao passar pela rua, ele me acenou de uma janela, emoldurado por janelas coloniais. O ar bonachão, a aparência descontraída me fizeram supor que Lemos está bem, encontrou-se com alguma coisa que o amenizou.

O Solar de Nossa Senhora do Rosário é um hotel que estaria bem em Paris, em Portofino ou no interior da Nova Inglaterra. Elegante e chique, acolhedor, silencioso, com cara de Ouro Preto e Brasil colonial, com jeito de estrangeiro, com estilo brasileiro. Aliás, andar por Ouro Preto confere uma sensação estranha, principalmente em certos momentos em que as ruas estão desertas – logo de manhã, por exemplo. O tempo está paralisado e quando entramos em uma igreja como a de Pilar, carregada de ouro, altares e paredes faiscando, nos perdemos no espaço, estamos no Brasil e em país algum. Na hora do almoço, passe pela Casa do Ouvidor e confira o feijão de tropeiro, com ingredientes pesados e, no entanto, permeado por grande leveza. Os torresmos se dissolvem na boca. Na hora do jantar estando uma noite fria, peça o creme de abóbora com gengibre, desta vez no Degustação, bar e restaurante com suave música ao vivo.

Na noite anterior, em um jantar em Congonhas, quando nos sentamos, pedi o cardápio e o garçom esclareceu: "Não precisa cardápio, vamos servir refeição". Ele queria dizer que como era tarde da noite, e apenas nos esperavam, havia um cardápio só para todo mundo. Refeição era isso, prato único. Aliás, monumentais e apetitosos bifes acebolados e batatas fritas crocantes. Ao brincar com a palavra *self-service* que, à tarde, eu tinha visto escrita "Serve-service", a secretária do Desenvolvimento Econômico da cidade, Gláucia Pedrosa, com um sorriso deste tamanho, comentou que existem, na verdade, dois tipos de restaurantes. Um é o "Cêis qui servi", e o outro o "Nóis qui serve", na linguagem popular. Ali fiquei sabendo que o Aeroporto de Congonhas tem esse nome, porque as terras para a construção foram doadas pelo barão de Congonhas. Também o terreno do Hospital das Clínicas foi doado pelo barão.

    Viajar pelo interior de Minas é voltar no tempo para reencontrar delicadezas perdidas, certos afagos, é sentir o cheiro de natureza no fim da tarde, deixando a vista lambendo montanhas, batendo nas cachoeiras, ouvindo a língua falada de maneira calma, envolvente. Sentimos a ausência de pressa, a velocidade não pertence a este mundo. Como correr quando a estrada é uma sucessão alucinante de curvas? Vamos abraçando as montanhas, subindo ou descendo em zigue-zagues e aprendemos a nos conter. Para onde estamos correndo, por que estamos correndo, para que corremos? É preciso penetrar no interior mineiro para fazer essas perguntas e descobrir que não há respostas, somos todos insensatos e descalibrados. O que custa ir mais devagar?

(23 de junho de 2003)

# Medir em curvas, não em quilômetros

VIÇOSA – Há um Brasil que vai dando certo e não conhecemos. Ouvimos falar, mas quando nele entramos nos surpreendemos. Estive em Viçosa, Governador Valadares e Ipatinga, participando do projeto estruturado e liderado por Marcelo Andrade, em que 12 escritores brasileiros viajam por 18 cidades mineiras, patrocinados pela TIM Celular, pelo jornal *O Estado de Minas* e pelo Governo do Estado. Em cada cidade, sempre com o apoio da Secretaria de Cultura ou de Educação local, no auditório da universidade ou em um teatro da comunidade, os escritores encontram leitores (ou futuros leitores), leem textos, respondem a perguntas, conversam. Se em cada Estado brasileiro, uma empresa e um grande jornal decidissem imitar o projeto (fazer uma *franchise*, digamos), certamente a situação da literatura brasileira, no item leitores, seria melhor. Porque são projetos de expansão, comunicação e divulgação, em que escritores fazem um corpo a corpo com os leitores, como costumava dizer João Antônio, uma perda prematura difícil de ser assimilada.

Para chegar a Viçosa, a leste do Estado, passei por Mariana, Ouro Preto e Ponte Nova, região de ouro e minérios, e cruzava com pesados caminhões-containers carregados, corroendo as estradas deixadas em estado lastimável pelo ex-governador Itamar Franco. E os trens? Por que acabaram com eles? A estrada, ou o buraco permanente, segue pelas encostas das montanhas, deixando vislumbrar vales e serras sem fim, uma paisagem de sufocar. Depois de exatas 600 curvas, segundo o motorista Altamiro, que me foi apanhar na Pampulha, chegamos a Viçosa no meio da tarde, não sem antes parar para uma coxinha de frango e um sanduíche de linguiça caseira no Recanto Novo, em Cachoeira do Campo, entre Itabirito e Ouro Preto. Anote o nome do lugar e despreze todas as outras lanchonetes que se apresentam.

O Recanto é limpo, fresco, dá a sensação de ser a nossa cozinha e sala de jantar, com um pergolado, sobre o estacionamento. Em Viçosa, a Universidade Federal repousa mergulhada em extensa área verde e me deu a sensação de estar chegando a um campus americano, pela extensão e espaço. O prédio principal, onde a escola começou, foi obra de Arthur Bernardes, o presidente que nasceu na cidade.

Lembra um mini Versalhes. Aliás, na palestra, à noite, na primeira fila, entre os 400 assistentes, uma senhora de rosto cândido se mostrava firme, olhos acesos. Muitos estudantes se foram – como é normal, depois de hora e meia de conversação – e ela, ali! Depois, no jantar com um grupo no restaurante Pau Brasil (aqui peça os pasteizinhos de angu, soberbos), ela se sentou ao meu lado. Seu nome é Pompeia. Tem 90 anos, deu aulas a vida inteira, exibe a maior disposição e uma nostalgia de seus alunos. Não fosse a compulsória aos 70 anos, daria aulas até hoje. Seu pai? Arthur Bernardes. A história estava sentada ao meu lado.

Quatro horas e meia depois de Viçosa, por estradas quase vicinais, para evitar a Rio-Bahia com seus caminhões, chega-se a Governador Valadares, arborizada, extensa, com seus prédios construídos com os dólares que os valadarenses mandam dos Estados Unidos. A imponente Pedra de Ibituruna domina a cidade e é dali que se salta de asa-delta. Talvez seja a única cidade do Brasil que tem um monumento dedicado à asa-delta em uma de suas praças. Vizinhos comentam com ironia que Valadares é quente, porque a pedra recebe o sol durante o dia, aquece e envia o calor para a cidade. Mas tem algo de metafísico naquela pedra altíssima, porque atrai nosso olhar e perdemos a noção do tempo. Há algo de metafísico na atmosfera mineira, cada cidade tem seu sobrenatural cultivado. Pelas ruas, ciclistas convivem com (certa) harmonia com os automóveis. Depois da fala no Teatro Atiaia, jantamos no restaurante Oiti, cujo dono teve aqui em São Paulo o Pitomba, que ficava na Rua da Consolação. O penne com manjericão e salmão foi perfeito e a margarita no ponto.

De Valadares a Ipatinga a viagem é curta, uma hora e meia. Penetramos na região do aço, no Vale do Rio Doce. Não soubesse que estava em Minas, imaginaria estar em uma cidade industrial americana, com *freeways* cortando gramados e bosques. E aquela construção interminável que é a Usiminas. Empresa que construiu não somente o shopping da cidade, como também um teatro tecnicamente perfeito, de acústica impecável.

Cidade limpa, tem um parque com 1 milhão de metros quadrados no centro, com teatro de arena, lagoa, pistas para ciclismo e *cooper*. E o primeiro tratamento de esgotos da América Latina. Além da boa recordação dos encontros com três plateias que somaram 2 mil pessoas, me impressionaram as histórias do motorista Altamiro, que falou do aeroporto de Pampulha ao hotel em Viçosa, explicando as ruínas das usinas de álcool e açúcar e as encostas desertas onde não se veem nem plantações nem gado.

De que se vive por ali? Cafezais foram extirpados, cana entrou e saiu. E por que a cana dá mais emprego do que o café? perguntava Altamiro. Para em seguida explicar que o café exige muita mão de obra, muito empregado para colher, secar, ensacar, beneficiar, torrar, ensacar, vender. Enquanto a cana pede apenas o cortador e alguns funcionários da usina e produz álcool e açúcar. E álcool e cachaça dão empregos aos envasadores, caminhoneiros, donos de bar, garçons, empregados de armazéns, supermercados, quitandas, biroscas. Quando alguém bebe demais e precisa de medicamento, dá emprego ao farmacêutico. Que por sua vez gerou emprego na indústria de medicamentos. Se a pessoa bebe, briga e fere alguém, dá emprego ao policial que o prende, ao delegado, ao escrivão, ao carcereiro, ao que faz a comida servida na cadeia. O ferido é atendido pela recepcionista do hospital, pelo enfermeiro, médico.

E se o bêbado mata alguém, está dando emprego não só aos policiais, mas aos agentes funerários, aos que fabricam caixões, aos que plantam e cortam madeira para os caixões, aos coveiros, administradores de velórios e cemitérios, construtores de túmulos e fabricantes de lápides e cruzes, vendedores de flores e velas. A lógica em cadeia do Altamiro prossegue e ele conta dos estudos em desenvolvimento, no sentido de se plantar um pé de cana junto a cada pé de eucalipto. Quando os dois começam a crescer, amarra-se a cana ao eucalipto. Como este evolui rapidamente, puxa a cana para cima. Dessa maneira, podemos obter pés de cana com 20 ou mais metros de altura.

A conversa delirante e deliciosa me levava a ignorar as curvas contínuas. E antes que me esqueça, entre Ipatinga e Belo Horizonte, na volta, a distância é de 220 quilômetros. Mas, como dizem os motoristas, são mil curvas. Aprendi uma nova medida. Não se diz: são tantos quilômetros e sim, são tantas curvas. Assim, a literatura me transportou pelas curvas das estradas de Minas.

(2 de maio de 2003)

# Estive cara a cara com Deus

TIRADENTES – A semana para mim começou em Tiradentes, Minas Gerais. Na Pousada Alforria, subi para o café da manhã e encontrei Antonio Magalhães, o dono, que me saudou com a pergunta: "Tem visto Ana Helena?" A única que conheço, inesquecível, é a Ana Helena da Capitu, livraria que teve curta duração, mas marcou a vida cultural em São Paulo nos anos 1970 para 1980. Época em que pequenas livrarias sobreviviam, marcavam presença, cada uma com sua personalidade. Magalhães acrescentou: "Lembra-se daquele lançamento debaixo da chuva?"

Como esquecer? Era 1979, estava saindo a terceira edição do *Zero*, a primeira liberada, após três anos de proibição. Mais do que um lançamento foi uma manifestação pela liberdade e contra a censura. Havia tanta gente que a fila se estendeu por quadras e quadras na Rua Pinheiros, porque a Capitu era pequena. Começou a chover, ninguém arredou pé, a festa continuou com as pessoas molhadas e felizes. De repente, no interior do Sul mineiro, em uma cidade histórica de 3 mil habitantes, olhando a neblina que cobria o topo da Serra de São José, a vida mergulhou num clima proustiano. Nada é acaso. Magalhães, discreto, me deixou com a coalhada fresca e os pães de queijo, foi para o escritório e logo o café da manhã foi tomado pelo som do violoncelo de Rostropovich. Depois, ao me ver saindo, Magalhães sugeriu:

– Por que não vai ver Deus?
– Deus?
– Sim, aqui você pode estar com Deus, cara a cara.

Sorriu, deu indicações, caminhei pela Rua da Praia (ainda que não haja praia), subi a Rua da Cadeia, Largo do Sol, casa do Padre Toledo, onde os Inconfidentes se reuniam, e cheguei ao Santuário da Santíssima Trindade, no alto. Uma escada interior leva ao alto do altar e ali me vi diante de Deus. Cara a cara. Olho no olho. Conversamos uns minutos. Em geral, na Santíssima Trindade, Deus é representado por um olho. Ali, em Tiradentes, Deus é a imagem de um homem alto, forte, barbudo, cabeça coberta por uma mitra, as mãos estendidas, rosto severo e sereno. Uma coisa rara. Está com as mãos abertas para o mundo. Esperando. Dizem que é a única imagem de Deus que existe no mundo. Não sei, Minas e mineiros têm suas coisas à parte. Temos de aceitá-los e amá-los, não compreendê-los.

A literatura tem feito muitos escritores descobrirem um Brasil, não digo subterrâneo, mas que cria silenciosamente, com pessoas preocupadas com seu meio, seu lugar, o entorno. Como Maria Lídia Montenegro que, depois de trabalhar anos no mercado financeiro, se refugiou com o marido Ricardo em Tiradentes e decidiu tocar para a frente o Centro Cultural Yves Alves, em uma casa antiga que é puro encantamento. Ela conseguiu colocar 300 pessoas no auditório e a conversa só terminou porque a hora ia adiantada. Ou Luis Antonio da Cruz, professor de matemática, bombeiro voluntário, ecólogo, agitador cultural, e que escreve ensaios sobre cultura regional. Maria José Boaventura, que todos chamam de Marijô, artista plástica que penetrou em uma arte complexa, desafiadora e fascinante: fazer ilustrações em braile. Ou Maria de Fátima Unes Ticle, de Lavras, encampando todos os projetos culturais para agitar a cidade. Ronise Maciel e Ângela de Moura Galo, que, com a assistência de Cristiane, professora e fotógrafa, desvendaram histórias e paisagens de Três Corações.

Sem esquecer a ousadia de Ana Maria abrindo uma livraria como a Obra-Prima, moderna, aconchegante e bem fornida de todos os tipos de livros. Mauro dos Reis e Elizabeth da Silva, da Secretaria de Cultura, braços direitos da pró-reitora Valéria, ao colocarem 600 pessoas no auditório da universidade, em São João Del Rey. Trabalham pelos livros, pelas pessoas. Em Tiradentes se refugiam Sérgio Paulo Rouanet, diplomata aposentado, acadêmico, autor da famosa lei que todo mundo procura, e sua mulher, a cientista social Barbara Freitag. Além de Eros Grau, ex-Ministro do Supremo Tribunal Federal e sua mulher Tania.[1]

Três Corações foi a última cidade do trajeto de uma semana pelo interior mineiro, levado pelo Projeto TIM, Grandes Escritores Estado de Minas. Criado por Marcelo Andrade e encampado pela Tim, o projeto pode ser enquadrado no texto de Ronald A. Fernandes, de São Thomé das Letras: "Temos de levar em conta a distância imposta entre o brasileiro comum e a cultura produzida pelas pessoas que produzem cultura e, mais ainda, porque a existência física desses produtores de cultura costuma soar ainda mais fictícia que a de seus personagens. A aproximação, o encurtamento dessa distância é, no mínimo, louvável".

A meu ver, esse encurtamento é o que vem sendo feito pelo projeto que já está ampliando o circuito, uma vez que Paraíba e Sergipe estão entrando nas programações. Acho ótimo avançar pelo interior do Brasil em lugar de ficar rondando apenas por São Paulo e Rio que já têm coisas demais, muitas nem aproveitadas. A biblioteca de cada cidade visitada recebe 200 exemplares com obras dos 12 autores que participam de cada etapa.

Sábado, muito cedo, enquanto o motorista levava minha bagagem para o carro que me conduziria a São Paulo, o jovem recepcionista Ricardo Marcato, entrando para seu turno, lamentou não ter tido tempo de ir à palestra da noite anterior. No entanto, retirou de uma mochila o livro de poesias *Deixe ser*, que é metade dele com o título *Atrás das grades do papel sulfite* e metade de Roberto Ferreira que assina *Do alto da montanha Iraniana*. Dois dias antes, eu havia descoberto em Lavras a poesia de André Di Bernardi em *Longes pertos e algumas árvores*, um livro curto e muito bem editado, de onde tirei a frase com que abri minha

---

[1] Não deixem de ler o mais recente livro de Eros Grau, *Paris, Quartier Saint--Germain-des-Près*, um guia delicioso sobre a cidade, com mil dicas e histórias curiosas sobre os parisienses.

fala (e abrirei todas, daqui para o futuro) e que define o ofício de escrever:

*Há que se desenhar
em paredes abstratas
e em papéis remotíssimos
o que jamais houve.*

Tem melhor explicação? Não está longe o dia em que a poesia de André circulará pelo Brasil. Mas como furar o cerco do eixo Rio-São Paulo? Foi uma semana de livros e literatura, e como ninguém é de ferro, algumas dicas devem ser dadas à parte. Como o sanduíche de linguiça caseira do Belvedere, na estrada, a meio caminho entre Belo Horizonte e Tiradentes. Ou os rocamboles de Lagoa Dourada, anunciados como "os legítimos". Deliciosos.

Necessária uma passagem pelo Café com Prosa, entre Lagoa Dourada e Tiradentes. Indo de carro, ao ver a placa Caminho Real, opte por ela, é um caminho antigo, de paralelepípedos, lindo. O jantar em Tiradentes tem de ser no Theatro da Villa, onde o *chef* Carlos Eduardo comanda uma cozinha impecável, delicada e saborosa. Sofisticada como se estivéssemos em Paris. Em São João Del Rey, um momento de estranha nostalgia que me levou à cadeira do dentista. Este era o Solar dos Lustosa, me disseram. O Lustosa da cera de dentes. Aquela que tinha um cheiro terrível, pior do que mau hálito, e que nos queimava a boca na infância. Os mais velhos se lembram da cera de cheiro forte e característico, que suavizava terríveis dores de dente. O Brasil sempre teve dentes ruins e pode-se ver isso pela fortuna que os Lustosas amealharam, construindo este solar imponente. Com nossos dentes precários, eles se deram bem.[2] Aliás, deslumbrante é um passeio pela

---

[2] Quando lembro do Lustosa e da cera, penso nos milhares de jovens de hoje que ostentam seus aparelhos para consertar dentes. A coisa adquiriu tal proporção que jovem que não tem aparelho se sente marginalizado. Não é só necessidade, é tendência e como se sabe vivemos obedecendo as tendências.

solidão da cidade velha, na madrugada, sob a luz dos lampiões (*fakes*, mas belos). Nos perdemos no tempo, saímos da realidade. E não estamos vivendo tempos de Lula, em que a realidade parece ter perdido o sentido?

(28 de maio de 2004)

# Esplendor e glória das salas de cinema

ARAGUARI – Acabo de passar por sete cidades do Triângulo Mineiro: Uberlândia, Monte Carmelo, Araguari, Patrocínio, Patos de Minas, Araxá e Uberaba. Em três dessas cidades, a cultura, tendo gente que se preocupa com ela, ocupou estações ferroviárias desativadas pela Estrada de Ferro Goiás, pela Rede Mineira de Viação e pela Mogiana. Em Monte Carmelo, cidade de 50 mil habitantes, onde a Casa de Cultura é conduzida por Nildes Leite, a estação, pequena e ajeitadinha, teve o carinho da prefeitura que se empenhou e a recuperou, transformando-a em centro cultural, onde acontece de tudo, o tempo inteiro, para todas as idades. Modificou o cenário.

Em Araguari a coisa foi mais a fundo. A faustosa estação da Estrada de Ferro Goiás entrou em decadência e beirava a ruína quando a Fundação Araguarina de Educação e Cultura mobilizou o povo, convenceu autoridades e todos botaram mãos à obra.

Uns trabalharam no lado político, burocrático e administrativo para liberar o espaço. Outros arregimentaram voluntários, foram para o local e entraram em ação, tirando toneladas de lixo, raspando chão, pedras, portas, lavando, passando soda, detergente, sabão, sapólio, Bombril, carpindo o pátio de manobras. Enquanto isso, arquitetos em conjunto com o Patrimônio Histórico faziam o projeto de restauração. Tudo concluído, Araguari se encheu de orgulho. Tanto que a prefeitura decidiu se instalar ali, coabitando com os setores culturais, entre os quais um museu. Quando você chega na cidade contempla a estação, imponente, no espigão de uma colina. À noite, a iluminação a torna magnificente, um palácio. Assim acabou denominada: Palácio Ferroviário. Temos a sensação de contemplar aqueles castelos de reis europeus, no alto de colinas.

Em Araxá, a estação da Mogiana é simples, acolhedora e precisa de uma intervenção que nem é tão grande da prefeitura, do Patrimônio Histórico e, talvez, de empresas privadas, para recuperar melhor salas onde estão instalados os arquivos com a história da cidade. A estação é linda, abriga também a Fundação Cultural Calmon Barreto e ali trabalham, sob o olhar de Terezinha de Oliveira Lemos, uma poeta (*"Com as agulhas entre os dedos/ Deslizam as contas passadas/ Transformando-se em bordado"*, diz ela) as tecedeiras que, a partir da lã do carneiro, produzem tramas e cores no tear, uma arte cuja extinção se tenta evitar.

Em Araguari, Cinthia Maria Costa e Maria Cristina de Paula, da Faec (Fundação Araguarina de Educação e Cultura), me levaram a um restaurante na Praça Manoel Bonito. Entramos, nos servimos e quando olhei em torno estremeci:

– Esse lugar parece um cinema!

Elas sorriram:

– E foi!

Tinha sido o Cine Rex, onde Luiz Sergio Person realizou a *avant-première* de O caso dos irmãos Naves, que, junto com *São Paulo Sociedade Anônima,* o incluiu entre os diretores de primeira linha do cinema brasileiro. Person não teve tempo de continuar sua obra, faleceu num acidente aos 40 anos em 1976. *O caso dos irmãos Naves* é a história de um célebre erro judiciário que abalou a cidade. O Rex cumpriu a sina da maioria das salas do Brasil, acabou. Cinemas de rua, digo. No entanto, em lugar de se tornar supermercado, estacionamento ou igreja, ficou fechado, porque seu criador, Milton Lemos da Silva, sonhador e obstinado, resistiu. Até o dia em que cedeu ao restaurante, com a condição de que decoração e arquitetura fossem mantidas intocadas.

O melhor estava por vir. Na saída, conheci um senhor que seguia para o caixa. "Hermínio Carraro", me disse, estendendo a mão. Sua história está ligada ao *Rex,* ele foi o eletricista responsável pela instalação e manutenção dos circuitos, viveu num pequeno apartamento ao lado do cinema, cujo projeto é da mesma empresa que projetou o Estádio do Pacaembu, a Arnaldo Maia Lello. Hermínio acompanhou Milton Lemos da Silva a São Paulo, assistindo filmes durante dias e dias, pesquisando os melhores equipamentos. E escolheram a aparelhagem da AEG Siemens-Shuckert, a mesma do Ufa-Palace, na Avenida São João, que, a partir de 1940, passou a se chamar Art-Palácio. O programa daquela noite inaugural 21 de julho de 1938, (Preço único: 3 mil-réis) conta:

"Projeção nitidíssima, perfeita, som puro, cristalino, exato, envolto em imagens límpidas, soberbas, perfeitas. Passadeiras macias eliminam qualquer ruído, evitando a inconveniência causada pelos retardatários." Bilheteiros e lanterninhas uniformizados. Tudo hollywoodiano. O programa tem 12 páginas, Milton fazia as coisas com requinte.

As imagens iam sendo reconstituídas pela narração de Hermínio e três filmes se misturaram na minha mente: *Cinema Paradiso, Splendor* e *A última sessão de cinema,* todos nostálgicos, o mesmo tema. O filme inaugural foi *Terra dos deuses* (*The Good Earth*), com Paul Muni e Louise Rainer. No Rex, por anos, os araguarinos viram filmes, concertos, balé, recitais e programas de rádio, afinal era um cineteatro. Por muito tempo, as pessoas se acostumaram a ver as alunas internas do Colégio Sagrado Coração sentadas em um setor reservado, segregadas ferreamente pelas freiras, às quais os pais, fazendeiros severos, tinham confiado a guarda das filhas.

Um dia, em 1947, as pessoas chegaram e deram com os preços aumentados. Não vacilaram, depredaram o Rex. Noite trágica. Hermínio correu e trancou a sala de projeções, a aparelhagem escapou. O resto ficou em pedaços: poltronas, cortinas, espelhos, balcões das *bonbonnières*, decorações, bilheterias. Reaberto, os preços foram mantidos, porém a empresa construiu outro cinema, a preços populares, o Lux, hoje depósito de uma loja de móveis.

Por anos, a rotina, sessões às 19h30 e 21h30, e o cinema foi perdendo a corrida para a televisão, a vida moderna, as mudanças da sociedade, até fechar em 1990. Porém, Hermínio continua a vir ali ainda que, por um bloqueio íntimo, tenha demorado muito a tomar coragem, romper com o passado, estava sempre a ouvir o murmúrio da plateia inquieta e depois o som ritmado do projetor e da música de fundo e a sentir os cheiros de perfumes, da cera do piso e das balas de hortelã.

Agora, terminado o almoço, a cada dia, ele dá o braço à sua mulher, dona Sedinha, e caminham a pé três quadras até a pequena oficina de reparos elétricos que ele ainda mantém aos 90 anos, cheio de serenidade e com um riso comunicativo.

(7 de outubro de 2005)

# O canto doce e infernal das cigarras

ARAXÁ – Na rodovia não existem placas indicativas. Nem na cidade, de maneira que se chega ao Grande Hotel de Araxá pela sorte ou pelo faro. Dizer rodovia é exagero. Impressionante como as estradas de Minas Gerais são grandes buracos, ladeados por crateras, em pistas únicas e sem acostamento. Já disse isso, repito, insisto. Contam que Aécio Neves, quando governador, tentou mexer nas rodovias federais, Lula mandou a polícia, acabou a restauração. Imaginem, Aécio ficaria com as glórias e os votos! Andar nelas e permanecer vivo é ganhar na Mega-Sena. Não entendo como não se consiga modificar um panorama que deve provocar prejuízos à economia. Entendi menos ainda ao passar por Uberlândia, que se orgulha de ser o maior polo atacadista da América Latina. Como pode ser o maior polo atacadista e ver os caminhões obrigados a percorrer aquelas rodovias? Mesmo sem indicação, de repente, por um milagre mineiro (aceite, não procure entender) me vi diante do Grande Hotel, mítico, imponente, austero.

Colosso plantado em meio a um bosque, junto a um lago. Era meio-dia e quando saí do carro ouvi um zumbido ensurdecedor, sem atinar a razão. O mensageiro do hotel explicou: são as cigarras. Pelo barulho deviam ser um milhão a cantar. Lembrei-me de *A cigarra e a formiga*, a fábula de La Fontaine, e também me veio que, na Grécia, se acreditava que o canto das cigarras fazia dormir. Em Araxá, assim que a noite cai, as cigarras se calam e ouve-se o coaxar dos sapos.

Subi para meu apartamento no quinto andar. São sete pisos, mas dois estão fechados. Pacotes de final de semana parecem sustentar aquela imensidão. Domingo à tarde tudo esvaziou, ficamos umas 20 pessoas para 280 apartamentos. Como o Grande Hotel consegue ou vai sobreviver não sei.

Águas termais não emocionam tanto como antigamente, os minerais das fontes podem ser encontrados em pílulas, por toda a parte. Transformar tudo em um luxuoso *spa* de beleza talvez seja um caminho. Mais do que nunca a humanidade está preocupada com o corpo, os tratamentos, cremes, loções, drenagens linfáticas e mil e uma coisitas, incluindo-se microcirurgias. Homens e mulheres se submetem a tratamentos de lama, limpeza de pele, massagens diferenciadas, intervenções como o botox e outras. Manter a juventude é a aspiração. Pior, obsessão, loucura.

Inaugurado em 1944 por Getúlio Vargas e Benedito Valadares, o Grande Hotel durou apenas dois anos. O moralismo, a caretice, a obtusidade e a religiosidade do general Dutra, que sucedeu Getúlio no poder, acabaram com tudo ao proibir o jogo. Uma das grandes tolices deste país que, paradoxalmente, admite o bicho, as senas todas, as loterias, bingos, lotofácil, quina, a corrupção etc.

Circulando pelo Grande Hotel deparamos com vastas salas que abrigaram roletas e carteados e hoje são espaços melancólicos com prosaicos bilhares e internets, enquanto outras estão vazias e escuras. Dinheiro que fenece. Adorei caminhar pelos corredores vazios (cada um tem 300 passos meus de comprimento), mas sou neurótico, vejo tudo como literatura, transformo em ficção. Hotéis são não lugares, assim como aeroportos e hospitais. Espaços onde não se fica, se passa por eles, entramos e saímos, são impessoais. A qualquer momento eu esperava encontrar o Jack Nicholson de *O iluminado,* filme de Stanley Kubrick. Ou me via procurando pela Gradisca (Magali Nol) que, em *Amarcord,* de Fellini, vai se entregar ao xeique milionário num hotel deslumbrante. Há ainda o Grande Hotel em Veneza, cenário do filme de Luchino Visconti. Ou o hotel na obra-prima de Alain Resnais, *Ano passado em Marienbad.* Entre os filmes classe B, mas sucessos de público, há aquele *Pretty woman* cuja ação se passa a maior parte em um luxuoso hotel de Hollywood. As termas me trouxeram o *Oito e meio,* de Fellini, com aqueles velhos buscando canecas de água, oferecidas pela Claudia Cardinale. Tenho sempre a esperança de encontrar uma Claudia (ou a própria) nessas termas.

Desde *Grande Hotel*, com Greta Garbo, o cinema vez ou outra se refugia em hotéis, porque neles tudo pode acontecer. Desligo-me da realidade, circulo e adoro a solidão, o deserto, o vazio, o silêncio das termas, corrompido apenas pelo murmurar de uma torneira aberta ou pelas borbulhas de um banho energizante.

Num sábado à noite no restaurante, o conjunto de pagode da feijoada do almoço foi substituído por João Bosco, um pianista que percorria todos os sucessos de todos os tempos. Homem franzino, modesto, com um cavanhaque grisalho. Súbito, tudo desapareceu, me vi no banco em frente ao Tênis Clube em Araraquara, na noite de domingo. Acabado o *footing*, eu me sentava ali para ouvir o som da orquestra que vinha pelas janelas abertas nas noites de verão.[1]

Não era sócio, não podia entrar, ficava naquele banco de granito, gelado, imaginando como seria o futuro, se é que eu teria futuro, um filho de ferroviário que não podia pagar faculdade e nem sabia direito o que queria fazer. Seria jornalista, escreveria livros e roteiros de cinema, acabaria no comércio, num banco, numa repartição pública? Que rumo tomaria? Aos 20 anos somos trágicos. Curtia pensando que a Alda Lupo, a Gilda Parisi, a Suely, a Norma, a Corina, a Verinha, a Gertrude, a Lourdinha, a Maria Helena Pamplona, as Godoy, a Maria Lúcia Pimentel estavam lá dançando de rosto colado.

À meia-noite, era o grande momento. Pedrinho, pianista excepcional, fechava a domingueira tocando *Cumana*, composição de Carmen Cavallaro, músico que estava sempre nos musicais da Metro. Algo como uma rumba, uma salsa agitada que me emocionava.

---

[1] A inexplicável obsessão com esta música (o que realmente significava na mente daquele jovem de 19 anos? Seu não acesso a uma outra classe social, representada pelo clube da elite?) vem contada também em meu livro *A solidão no fundo da agulha*, lançado recentemente pela Livros Para Todos.

Depois que me fui da cidade, consegui ouvi-la uma única vez, há uns dez anos. Mário Edison, pianista do Fasano e do bar Baretto, reviveu-a para mim. *Cumana* sempre foi meu link com aquelas noites de solidão e a vontade de ir embora. Não havia como ascender socialmente naquele cidade.

Em Araxá deixei a mesa e fui ao pianista. João Bosco tocou no hotel nos anos 1960 e agora revive aquelas noites. Perguntei de *Cumana*. Ele não se lembrou pelo nome. Cantarolei, ele ficou em silêncio, seus dedos se moveram sobre as teclas, os primeiros acordes vieram, fiz que sim, era aquela.

Por instantes ele pareceu buscar em um ponto remoto da memória as notas, e quando percebi a rumba (era rumba?) ecoava pelo restaurante. Caminhei de volta à mesa e a mim mesmo. Entre o piano e a mesa 50 anos se escoaram, dissolveram, me reencontrei, revi meu sonho e percebi que estou ainda trilhando o caminho que sonhei naquele banco gelado e que me revela: ainda há muito a atingir.

(14 de outubro de 2005)

# Lua azul na cidade de Rubem Braga

CACHOEIRO DO ITAPEMIRIM – Sempre tive fascínio pelos lugares onde escritores que admiro nasceram e viveram. Vou às casas em que moraram, quero ver os cômodos, o quarto, a sala, a cozinha, a mesa em que escreviam. Assim, ao chegar em Cachoeiro do Itapemirim, quis logo conhecer a casa de Rubem Braga, transformada em Biblioteca Municipal e centro de cultura. Casa antiga, do início do século, com varanda e escada, rodeada por um jardim. O pai de Rubem – que teve onze filhos – foi o primeiro prefeito da cidade e um decreto seu, famoso, foi proibir carros de boi com eixo muito apertado, para eliminar o folclórico rangido das rodas. Combatia a "poluição sonora". Mas também abriu ruas e trouxe luz elétrica para uma cidade sem orçamento.

Ao subir a escada, vi nas paredes trechos de crônicas do Rubem, que, habitualmente taciturno, na escrita se tornava loquaz, falando dos recantos da casa onde passou a infância e parte da juventude. Comecei a voltar, de maneira que ao atingir a varanda não estava ali e sim em Araraquara, saindo da missa das dez, no domingo, frequentada pelas mulheres mais bonitas, que, em seguida, iam para a domingueira. O domingo começava com missa e dança, alma e corpo, espírito e prazer. Não eu. Saía da igreja para a banca de jornais do Nelson Rossi que estava desembalando o pacote da revista *Manchete*, chegado no trem da madrugada.

Nelson me dava o primeiro exemplar, eu corria para o banco em frente ao Teatro Municipal, abria a revista na crônica de Rubem Braga e por meia hora a cidade em torno desaparecia engolida pelo encantamento. Durante a semana o professor Jurandir, que lecionava português, falaria comigo sobre a crônica e sobre Rubem, que ele definia como "estilista". Anos mais tarde, ao trabalhar no jornal *Última Hora*, tive como chefe Egydio Squeff, que foi durante a Segunda Grande Guerra um de nossos melhores correspondentes, ao lado de Rubem Braga e Joel Silveira. Egydio, ao ler meus textos, aconselhava: "Quer acertar? Faça como Rubem, ele era a simplicidade".

Nos anos 1980, em Vitória, ao chegar para uma conversa com estudantes no hotel Senac na Ilha do Boi, vi que meu companheiro seria Rubem Braga e tremi. Era um ícone. Ele me estendeu a mão e sentou-se. A cada pergunta da plateia, passava a bola, me apontava, lacônico: "Ele vai responder". Meu último encontro com ele foi quando lancei o romance *O ganhador*. Márcia Peltier, então da Globo, tinha um programa de entrevistas e marcou comigo na famosa cobertura-jardim-pomar do Rubem, na Rua Barão da Torre, em Ipanema. Fiquei atento ao Rubem – sempre a casa do escritor – e olhava pés de milho e de frutas e me assustei quando Márcia se referiu ao meu livro como *O garanhão*. Parou a gravação, Rubem riu muito dizendo: "Isso é título de Sidney Sheldon, o *best-seller*."

Agora, em Cachoeiro, última cidade de minha rodada pelo Espírito Santo, era uma noite em que havia outros eventos na cidade, mas o Teatro Rubem Braga (emociona ver como Cachoeiro ama o seu escritor) estava lotado. Na plateia, professores e estudantes, o secretário de Cultura, bibliotecárias, o cronista e poeta Evandro Moreira (que sempre tem boa reserva da pinga Januária, trazida do norte de Minas e escreve deliciosos textos). Esta é uma cidade que nos abraça, as pessoas são acolhedoras, cordiais, nos envolvem, contam casos e oferecem a boa cachaça local, a Floresta, os queijos Pindobas, os livros de seus cronistas e poetas. Todos falam no Rubem, mas a cidade louva também a figura do irmão dele, Newton, cujo livro *Histórias de Cachoeiro* resgata a história do cotidiano, do comportamento da cidade. Newton, chamado de o "poeta franciscano", jamais quis sair da terra.

Alertado que era 31 de maio, a noite da lua azul, depois da palestra saí a passeio, a pé, para relaxar a tensão. A cada 19 anos, há duas luas cheias em um mês e em maio ela, a azul, apareceu, enorme. Deixei o teatro na direção do rio, virei uma esquina e dei com o Cachoeiro rolando lento, volumoso. Segui pela calçada, o rio é bonito em sua sinuosidade e sua largura e naquela luminosidade especial, quase surreal, lembrei-me de Florença e suas casas de cor ocre debruçadas sobre as águas. Pensei: por que aqueles que vêm governando nossas cidades, ao longo das décadas, não fizeram viagens para se alimentar de belas ideias, principalmente paisagísticas? Assim, as casas das margens deste rio – e centenas de outros no Brasil – teriam as frentes voltadas para ele, com varandas, balcões, flores. Essas margens seriam urbanizadas, ajardinadas, com passeios para caminhar, bancos para sentar, quiosques para café. Acho que Rubem Braga teria gostado da ideia. Quem sabe algum prefeito convença as pessoas que moram junto a rio a darem um colorido, com tintas ou flores ou mesmo transformando os fundos em falsas fachadas com pinturas hiper-realistas, fazendo real e cenário conviverem, uma vez que nossa vida não passa de cenário e realidade.

(8 de junho de 2007)

# A Pedra do Lagarto foi uma deusa?

PEDRA AZUL – Depois da lua azul, é tempo de pedra azul, disseram Denise e Loreto Zanotto, nossos anfitriões, e partimos para nos encaixarmos num cenário deslumbrante. Ah, se tivéssemos verdadeiros ministros de turismo, que percorressem o país descobrindo o que existe de encantado. Ou nos revelassem as belezas ocultas. Como a Pedra Azul, Espírito Santo, com suas montanhas, cachoeiras, estradinhas vicinais, pousadas. A casa dos Zanotto fica diante da Pedra do Lagarto, rochedo liso de 2 mil metros de altura que me levou, certa noite, a sair de casa e ficar a contemplá-lo. Imponente, dá a sensação de que vai nos esmagar. Ao mesmo tempo, é bela e terna. Eterna. Eu estava em paz, tinha acabado de celebrar um risoto de funghi, feito pelo Loreto, junto a um cabernet Vernus, da Santa Helena. Naquele instante, perdi a noção de tempo e mil coisas me ocorreram, eu estava na Pré-História, pensando no começo do mundo, no *Big Bang*, ou nas palavras bíblicas: e se fez luz, e se fizeram rochedos como esse. Pensei no silêncio e na solidão daqueles tempos e de como o céu parecia esmagar, e as estrelas, tão luminosas e grandes, prestes a cair sobre as nossas cabeças. Talvez uma daquelas estrelas que estavam brilhando já tivessem morrido há muito e somente agora sua luz nos chegava.

Batida pelo luar ou pela luz do sol, a Pedra do Lagarto se torna duas, ela se transforma e nos reduz à insignificância. Contaram-me pessoas as mais diversas que a Pedra foi uma deusa que, há milhões de anos, desceu ali para trazer felicidade ao mundo. Encantada com o lugar, a paisagem, nunca mais voltou ao lugar de origem, que seria em outro planeta. Parece que o lugar a fez feliz, ela ali permaneceu. No dia em que o homem conseguir chegar em outros planetas, descobrirá num deles uma imensa cratera.

Foi de onde saiu a Pedra do Lagarto. Quando você a contempla de determinada posição tem a sensação de que um lagarto está a escalar a parede lisa.

Passei dois dias na casa dos Zanotto, envolvido pela hospitalidade de um italiano do Vêneto e de uma mineira de sorriso amplo. A origem dele se fazia sentir no risoto, no espaguete ao pomodoro, na grossa sopressata (espécie de copa italiana) que ficava sempre sobre a mesa ao lado (e aqui vinha o lado mineiro) de pão, frutas, bolos, biscoitos. Falávamos de adolescência e, de repente, vejam como as coisas são. Loreto, que nasceu em San Pietro in Gu, com a turma dele, cabulava aula e ia passear em Veneza. Cabular aula e circular pelo Canal Grande, pela Praça San Marco, não é o mesmo que cabular a aula e passear pela Rua Cinco em Araraquara, por mais incrível que a rua seja. Independente de origens, estávamos todos a reverenciar a Pedra do Lagarto. Entende-se, nessas horas, o culto à natureza dos primitivos, uma pedra dessas deve ter sido uma deusa, transmite uma grande força – e nos faz questionar sobre nós e o mundo, a vida, a natureza –, saímos dali energizados. A pedra é azul por causa do cocô dos pássaros. São milhares que passam e deixam suas lembranças. Com o vento e as chuvas, aquele cocô adere à pedra, que adquire uma coloração azulada que brilha ao sol e à lua.

Dias antes, a caminho de Colatina, estranhei *outdoors* nas encostas das montanhas: Capital da Moda. O Brasil surpreende, o que seria aquilo? Comendo peixe com muqueca de banana, típica culinária capixaba, num restaurante a beira-rio, descobri o porquê do *slogan*. Dezenas de fábricas fazem roupas para grifes. Nada menos de 200 mil *jeans* saem de lá a cada mês e um número igual de camisas é exportado. Capital também das pedras ornamentais, 300 caminhões circulam pelas rodovias levando granito para todo o Brasil. O mais curioso é que Colatina pretende ser um lugar diferenciado no mundo cultural. Ela é a Cidade da Leitura. Há um projeto denominado Corredor da Cultura na Praça do Sol Poente, no centro da cidade. Os visitantes vão passear entre 40 bustos de escritores brasileiros, sendo que os dois primeiros estão prontos, os de Affonso e Marina. A esta altura também o meu, prometeram.

O escultor é Wilson Camisão, gênio *low-profile* que trabalha num ateliê retirado, entre árvores, e que presenteia cada escritor que visita a cidade com uma escultura de sustentável leveza e transcendência. Existem pessoas incríveis por este Brasil, que criam sem sonhar em ser midiáticos. A glória quente, queremos homenagear gente viva, dizem os responsáveis pela cultura na cidade. Como esquecer a professora Eliete Roldi, que abriu a noite nas Faculdades Integradas Castelo Branco, onde fiz a palestra? Pela primeira vez tive uma pessoa que me apresentou a 500 espectadores sem um só adjetivo e com humor. Vocês não têm ideia de como me constrange saber que sou "ilustre", "grande" e aí por diante. Vou ficando pequeno na cadeira.

Ainda me lembro de um instante de emoção, vivido na biblioteca municipal. Ao entrar, percebi algo íntimo nas portas grossas, enormes, de correr, aqueles puxadores, o tipo de telhado. Eu já tinha visto aquilo. Logo me dei conta, eram portas de um armazém ferroviário. Brinquei tanto em depósitos como esse, pulando em cima dos sacos de café, a espera do embarque. A biblioteca está localizada no antigo armazém da extinta Estrada de Ferro Vitória-Minas, reformado pelo prefeito João Guerino Ballestrassi. Nada mais familiar, uma vez que cresci em bibliotecas e estações de trem.

Entrei e passei por um mural, vi Affonso Romano de Sant'Anna, Zuenir Ventura e Marina Colasanti nas fotos, fui cercado por Emília, Rosi, Penha, Vanessa, Fátima e Aline, nunca vi tanta bibliotecária sorridente na minha vida. Tinham espalhado a coleção de meus livros sobre uma mesa baixa (no projeto TIM Grandes Escritores, cada biblioteca recebe a coleção dos livros do autor visitante) e contemplávamos um bando de crianças de 6 e 7 anos de idade avançando sobre os volumes, abrindo, revirando as páginas.

Pensei: aqui está uma gente que entende do assunto, deixa as crianças pegarem, folhearem, mexerem e remexerem, cheirarem. Porque quantas vezes surpreendo professores ou bibliotecários tirando os livros das mãos das crianças, para que "não estraguem". Ao me aproximar da mesa, uma menina loirinha, de olhos azuis, olhou para mim, olhou para a minha foto na contracapa do livro e gritou: "é você?" Disse que sim, ela correu e me entregou o livro, pediu: "leia um pedaço". Tinha nas mãos *Cadeiras proibidas* que tem tudo, menos linguagem para criança. São metáforas dos tempos da ditadura. Não havia tempo de escolher, abri numa página qualquer e li algumas linhas: "O que me deixou assombrado foi a flexibilidade dos corpos, pois como se sabe é impossível ao ser humano dobrar as pernas, braços e virar a cabeça em várias direções". A loirinha riu e pediu: "Lê mais!"

Formou-se uma fila e fiquei meia hora lendo trechos, sem pensar se entenderiam ou não; no entanto, todas tinham os olhos brilhando, de vez em quando pediam para dizer alguma palavra de novo: *hall*, substância, insensata, gongo, veículo, equipagem, cartilagem, catadupa. Percebi que era o som, a vibração das sílabas que as encantava. Foi difícil sair do meio delas. Teria ficado a tarde inteira, porque aquelas crianças estavam descobrindo a magia das palavras.

(15 de junho de 2007)

# O Espírito Santo sobrevoou minha cabeça

PATROCÍNIO – Enquanto o Lula mentia na televisão, fui a Campinas e levei um susto. Agradável, gratificante. Porque descobri um centro cultural mantido por uma empresa, a CPFL, que me deixou assombrado. Imenso, efervescente. Conversei com as pessoas no Café Filosófico, num ambiente aconchegante, enquanto Eugênio Bucci fazia uma palestra e em seguida haveria uma peça teatral. Tudo lotado. Num início de semana havia mais de 500 pessoas dentro do Centro, que ainda abriga enorme exposição de artes plásticas sobre as Afinidades Eletivas, de primeira linha. Há coisas boas acontecendo na cultura brasileira. Tomara tivéssemos um ministro real e não um *showman*.

Já que falamos em conversas literárias, retornemos a Minas Gerais. Fui a Patrocínio e, horas antes da palestra, deixei o hotel e fui caminhar, porque ainda é a melhor maneira de ver um pouco das cidades, dentro do escasso tempo dessas maratonas. Terminei na praça da igreja diante de um velho hotel cor-de-rosa desbotado. Portaria vazia. Ao lado, uma sala de refeições com uma toalha de plástico estampada. Olhando pela janela (um hábito – sei que não é correto, mas às vezes o assunto está ali – que tenho e do qual não abdico), dei com um painel ocupando toda uma parede, com uma longa inscrição e um título: Carta Magna do Pan-Americano Hotel Santa Luzia.

Carta Magna? O que seria? Decidi entrar, fiquei um tempo na portaria, não apareceu ninguém, bati no balcão, esperei, e nada. Entrei na saleta de refeições para ler a carta. Não resisti, comecei a copiar o texto, esperando, a todo momento, que alguém me interpelasse. Ninguém apareceu, terminei minha tarefa tranquilo. A Carta Magna do hotel, datada de 31 de dezembro de 1948, diz:

Artigo 1º – Respeito absoluto ao direito do hóspede e do hoteleiro, aceitando os preços deste e discordando dos protestos daquele. O hóspede deve respeitar esta Carta como um turista ou um imigrante respeita as leis do país que o recebe.

Artigo 2º – O pan-americanismo aconselha a política da boa vizinhança.

Parágrafo único: Intercâmbio comercial, cultural e diplomático entre hoteleiro e hospedeiro. Atritos entre hóspedes, o hoteleiro resolverá por arbítrio honroso para as duas partes em litígio (Aceito pela Ata de Chapultepec).

Artigo 3º – O círculo vicioso comercial em que vivemos força o hoteleiro a acompanhá-lo, pois o comércio hoteleiro também sofre influência das altas (Vide preço das utilidades).

Artigo 4º – O preço da hospedagem é cobrado de acordo com a categoria do estabelecimento. Este o critério adotado para todo e qualquer ramo de atividade (Vide Acordo Comercial Sírio).

Artigo 5º – Não se aceitam conchavos nem conversas ao pé do ouvido para diferença de preço, pois este é igual para todos (*Dura lex sed lex*).

Artigo 6º – Somente ao hoteleiro é facultado majorar ou baixar as diárias. Isto se dará de acordo com as oscilações da Bolsa de Mercadorias.

Artigo 7º – As despesas de hospedagem serão pagas na retirada do hóspede ou quando apresentadas.

Artigo 8º – Da nacionalidade. Prerrogativa de cidadania. É facultado ao país escolher a nacionalidade dentro do Pan-americanismo.

Artigo 9º – Direito de asilo: o direito de asilo para crimes políticos é garantido nesta Constituição.

Artigo 10º – Crimes comuns. O réu será julgado por um tribunal de quatro hóspedes e o hoteleiro, ficando este com o direito de veto e o voto de Minerva.

Artigo 11º – A demagogia não é crime previsto dentro do

código penal. Usa-se a mesma para cobertura de retiradas estratégicas. Revogam-se as disposições em contrário.

Saúde e fraternidade. O governador Barão de Poços Novos.

Mais tarde, no salão do Lions, comentei a carta e eram pouquíssimos os que a conheciam. No dia seguinte deve ter havido romaria ao hotel. Na hora da palestra sobre processos de criação, eu respondia a uma pergunta sobre inspiração e comentei que nunca tive muita inspiração, não acredito em relâmpagos repentinos ou em raios caindo sobre a cabeça. Tinha acabado de garantir que "jamais a pomba do Espírito Santo desceu sobre a minha cabeça, trazendo uma ideia ou iluminação" quando, pelas amplas janelas do auditório, diante de 550 pessoas, um pássaro entrou, sobrevoou a plateia, deu um rasante sobre o palco, subiu e se instalou numa das vigas de sustentação, a me olhar. Nem um efeito especial programado teria funcionado com tanta eficácia. Foi uma gargalhada geral.

(11 de novembro de 2005)

# Um tango na casa de 75 janelas

VASSOURAS – Não foi acaso, não acredito nele. Percorria o interior do Estado do Rio de Janeiro no programa de escritores da TIM. Certa tarde quis visitar uma das fazendas tradicionais, símbolo da época do café. O tempo era curto, precisava fazer uma escolha. Olhando uma série de fotos me detive numa. Sem hesitar apontei para a Fazenda Cachoeira Grande e só depois soube que um pressentimento me levou ao gesto. Ou não? Alguma coisa maior comandou minha indicação? Jamais terei a resposta e nem quero, prefiro acrescentar aos pequenos enigmas que me acompanham e tenho prazer em remoer.

Era uma tarde quieta, a garoa (ou seria chuvisco?) caía leve, o silêncio nos envolvia enquanto o carro saindo do asfalto na direção de Mendes pegou uma estradinha de terra e chegou a um portão de ferro trabalhado. Do lado de lá, gramados, palmeiras, gansos dormitando à beira de um lago e um acesso pavimentado que nos levou à casa rosa, de fachada interminável.

Um minuto e a dona, Núbia Caffarelli, loira, elegante, o riso manso e amplo, abriu a pesada porta e penetramos em um *hall* que de pequeno nada tinha. Ao lado de Núbia e de sua tia, Magdalena Manso Vieira, iniciamos uma peregrinação por salas e salões de pé direito altíssimo, soalhos com tábuas largas, enceradas, cobertos por tapetes que absorviam o ruído dos passos. Aqui, um lustre que veio de Viena, ali a cadeira em que Dom Pedro II repousava, na próxima sala a mesa em torno da qual se sentam 24 pessoas. Assim caminhamos pela sede da fazenda, célebre pelas 75 janelas. O que levava Núbia a dizer com humor: "Precisamos de uma tarde inteira para fechá-las". Ela e o primeiro marido, Francesco, compraram a fazenda nos anos 1980, estava em ruínas, depois de 20 anos de abandono. Restauraram tijolo a tijolo, vidro a vidro, peça a peça. Viúva, Núbia se casou com Jorge que tem pela casa o mesmo amor, afinal foi um de seus restauradores.

Nessa fazenda, Eufrásia Teixeira Leite, personagem mitológica de Vassouras – e do Brasil –, sobrinha do Barão de Vassouras, herdeira de imensa fortuna (bilionária pelos padrões atuais) deu um jantar à Princesa Isabel e ao Conde D'Eu. Uma noite de sofisticação ímpar, regada a Château Margaux e a Château Lafitte e com os comensais à mesa por cinco horas. Eufrásia, moderna, avançada para seu tempo, viveu em Paris, foi amante de Joaquim Nabuco, com quem se recusou a casar para manter a própria independência e libertou seus escravos muito antes da abolição. Ao morrer, repartiu seus bens entre empregados, pobres da cidade, doou grandes somas para instituições beneficentes e criou hospitais e asilos. Em Vassouras, procurem a escritora Lielza Lemos Machado, ela tem mil histórias para contar.

Quando entramos na sala de estar, que foi a antiga cozinha da casa, deparamos com a mesa posta, um bule de prata com café da fazenda mesmo, jarras de cristal com suco de maracujá, bolos de passas e de abacaxi, pão de queijo saído do forno. As xícaras não faziam ruído ao serem depositadas sobre os pires, havia finas toalhinhas de renda como anteparo. Costume que vinha da etiqueta, porque se tomava café quando ali eram dados concertos e o silêncio absoluto era de bom-tom.

– Concertos?

Então, Núbia virou-se para a tia e pediu:

– Madá! Toque um pouco.

Houve uma breve recusa, gentil, porém Magdalena, magra, elegante, de idade indefinível, caminhou para o piano e por meia hora tocou tangos com agilidade e talento nos remetendo à atmosfera portenha de um Café Tortoni. Fora, a garoa fina encobria as montanhas coroadas por uma neblina azulada; fazia um pouco de frio. Dentro, era o tempo paralisado. Olhei para a lareira e dei com o retrato de uma jovem em um vestido tomara que caia. Olhei a pintura, olhei Magdalena. Ela confirmou.

– Foi pintado por Flexor, que me deu de presente. Ele começou a me retratar, fiz uma sessão, passei um final de semana na piscina do clube Harmonia, em São Paulo, fiquei bronzeada, e quando voltei a posar levei uma reprimenda de Flexor. "Tenho de refazer seu tom de pele." E terminou o quadro.

Magdalena deixou a sala, demorou um pouco e trouxe um álbum organizado pela revista *Vogue* em 1977. Havia recortes de colunas de Alik Kostakis e de Tavares de Miranda, expoentes da crônica social paulistana na época. Numa das fotos, Magdalena dançava com Juscelino Kubitscheck. A conversa fluiu e quando Araraquara veio à tona Magdalena pareceu estremecer.

– Araraquara? Conheceu o Osvaldo de Almeida?

– Sim, conheci, era diretor da ferrovia, chefe do meu pai. Porém, mais do que isso, pai da Heleninha, uma das sensações do colégio, porque era linda, inteligente, divertida.

– Ah! O Osvaldo! Fui apaixonada pelo irmão dele, o Hélio.

Naquele momento, o tempo abriu uma brecha. A atmosfera da tarde que caía, a garoa (ou chuvisco), a luz esmaecida da sala, o retrato sobre a lareira, me levaram ao filme *Rebeca, a mulher inesquecível*, de Hitchcock. A visita terminou, as imagens daquela tarde me acompanharam. Quando voltei a São Paulo liguei para Heleninha, sólida amizade que me resta do tempo de colégio. Contei o episódio, ela ficou arrepiada.

– Encontrou Dalena? Onde está? Que mundo pequeno, que coisa bonita.

Foi a minha vez de espantar.

– Dalena?

– Um dia, acompanhei papai e tio Hélio a uma festa e fui apresentada a JK. Conversava com o presidente, quando ele olhou sobre meus ombros, abriu um sorriso, esqueceu tudo, abandonou quem falava e correu para Magdalena que acabara de entrar "Dalena, Dalena!" Assim ouvi, assim ele a tratava. Aquele encontro nunca me saiu da memória. Ela sempre foi uma mulher deslumbrante.

– E continua deslumbrante.

Dalena, Magdalena, Madá me pareceu feliz, sem idade, embalada por memórias aquecedoras. Vassouras. Eufrásia, Dalena, o retrato sobre a lareira, o cheiro do café coado, do pão de queijo saído do forno, o perfume de Núbia, a garoa umedecendo a atmosfera. Onde estou, em que ano, em que lugar? Os tangos ainda ecoam nas montanhas que foram cobertas por cafeeiros.

(27 de outubro de 2006)

# As pessoas ainda querem poesia

PARATY – A imprensa já deu, mas não custa reconfirmar, porque vale a pena. A declaração mais aplaudida da Festa Literária Internacional de Paraty foi a de Ferreira Gullar: "Não quero ter razão, quero ser feliz!" Aliás, a poesia dominou, porque também Adélia Prado foi apoteótica. Será o cansaço de tanta violência, guerras, PCCs, terrorismos, falta de perspectivas? Já o mais vaiado foi o inglês Christopher Hitchens, eleito (por quem?) um dos cinco maiores intelectuais da atualidade (quem são os outros?), mal-humorado e dono da verdade, além de ter sido indelicado com Fernando Gabeira que, inexplicavelmente contido, não soltou os cachorros em cima do homem que passou hora e meia movido pela boa cachacinha de Paraty que tomava em doses espaçadas.[1]

Paraty conquista porque a festa se vê abraçada pelo povo, as ruas se enchem, intelectuais se misturam aos paratienses, crianças falam com escritores na praça, ouvem histórias, assistem a teatro, escritores são parados a cada minuto, ouvem perguntas que não puderam responder na tenda, tomam cerveja com amigos novos, são fotografados a todo instante. Eu me perguntava: vou estar em que lugar, cidade, casa, em que álbum, em que porta-retratos com essa pessoa? Perdemos o controle de nossa imagem, ela se vai naquela câmera, naquela bolsa. Costumo encontrar dezenas de pessoas que me viram no Facebook. Logo eu que não sou "membro".

Autores novos, alternativos (outra palavrinha fora de uso), poetas marginais (estou abusando), procuram ganhar espaço, vendem livros produzidos artesanalmente, entregam poemas e textos.

---

[1] Hitchens, na verdade um homem culto e um grande polemista, morreu em 2011 em decorrência de um câncer. Seu derradeiro livro, *Últimas palavras*, falou exatamente sobre a despedida da vida. Uma espécie de cerimônia do adeus. Sua esposa, Carol Blue, escreveu comovente artigo sobre ele no suplemento Aliás do jornal *O Estado de S. Paulo*, em 16 de setembro de 2012.

Teve um sujeito – jovem ainda – que passou a festa inteira carregando uma cruz, se dizia o pagador de impostos e escreveu um livro sobre a empresa dele que faliu por causa dos tributos.

A cidade inteiramente lotada. À noite as ruas eram intransitáveis, os bares cheios, os restaurantes com esperas de uma hora, mais uma hora para a comida chegar à mesa. Mas é festa, ninguém está nem aí, ninguém tem pressa, ir para onde? Voltar para casa e dormir? Na noite em que Yamandu se apresentou no Café Paraty, a lotação da rua superou a do bar. Os que não conseguiram mesa se juntaram aos que não tinham dinheiro e todos ouviram o violonista numa boa.

Como se trata de uma ocasião excepcional, todos na cidade são recrutados para servir. Alguns na Flip como recepcionistas, acompanhantes, solucionadores de problemas emergenciais, "quebradores de galhos" – e a organização é perfeita, cada escritor se sente a pessoa mais importante do mundo, cheio de privilégios e atenções. Ruth Lanna e Christina Baum, da organização, duas mulheres bonitas, conseguem manter a fleuma, a docilidade, a impassibilidade e uma calma que sabemos impossível no meio do tumulto. Por trás ficava a Belita, Izabel Costa Cermeli, diretora-executiva, enquanto Liz Calder, a criadora do Flip e sua presidente, preside, circulando com um jeito afável e majestoso porte de rainha. E se ela tem aquele jeito de andar imponente e pessoal é porque circulou anos nas passarelas, na juventude, como modelo. Outra parte dos jovens – ou não – vão ser garçons improvisados ou lavadores de pratos, arrumadores, carregadores e procuram dar conta do recado em bares, restaurantes, lojas. No bar do Lúcio, atrás do telão – um dos *points* mais frequentados –, ouvi do garçom a confissão sincera: "Ainda não sei o que tem e o que é, é meu primeiro dia, meu primeiro freguês".

Os trabalhos do Lúcio em papel machê, expostos na parede e à venda, são fascinantes, de babar. Em outro bar, olhando o cardápio, na seção de porções para aperitivos vi uma oferta inusitada, ao lado de azeitonas, salaminho, provolone etc. Ali estava: queijo ralado. Quem pede uma porção de queijo ralado como aperitivo? Parece que foram requisitados todos os violonistas e cantores da região, não há bar sem música.

Agora, uma recomendação imperdível. Já comeu o "casadinho" de Paraty? Um camarão imenso, aberto ao meio e recheado com uma farofinha também de camarão? A especialidade tem um apelido popular, 69 de camarão. Comi vários, mas nenhum excedeu – e essa é a opinião dos bons *gourmets* locais – o da barraca do Lapinha, no Pontal. Nenhum se iguala, porque a farofa é sequinha, inebriante. Peça logo dois, porque um será insuficiente e o segundo está pronto, enquanto você espera o terceiro. O escritor David Toscana – revelação da literatura hispano-americana e um que gostei muito de ouvir – teve uma surpresa ao andar pela cidade, que é repleta de ateliês. Ao entrar no de Patrícia Sada, pintora mexicana há muito ali estabelecida diante do mar, acabou descobrindo que eram primos. Patrícia é outro lugar necessário, sendo que aproveite a proximidade e entre no Grupo da Terra para ver o trabalho em cerâmica que dez mulheres fazem, entre outras Zulma e Celia. E como competem (numa boa) entre si, a arte criada é linda. Quanto às compras, se quiserem ver umas coisas transadas, procurem a Mata Atlântica, loja na Rua da Lapa.

Paraty significou para mim o reencontro com Thomaz Souto Corrêa, amigo de 43 anos, a quem devo mudança radical de vida, em certo momento. Em 1966, eu estava no jornal *Última Hora*, que caminhava para a extinção, depois de ter sido perseguido e detonado pela ditadura. *UH* estava nas mãos da *Folha* que ainda apostou nele por um período, depois viu que não dava mais. Naquele ano me vi sem perspectivas e foi quando Thomaz me chamou para a *Cláudia*. Do jornal diário à revista mensal foi um salto, minha salvação, novos rumos na carreira. Começou ali uma amizade firme, de convivência diária, a princípio, depois com encontros intermitentes. Porém, amizades sólidas são assim, há aproximações, separações e reencontros, em que parece que nos deixamos ontem. No sábado, na casa do Zé Kalil, Thomaz, Guida, sua mulher, e eu nos reaproximamos uma vez mais, trinchando uma leitoazinha à pururuca macia, que se dissolvia na boca.

Termino Paraty dizendo que o bom – grande alegria – foi ter visto meu novo livro, *A altura e a largura do nada,* entre os mais vendidos da Flip. No sábado à noite não havia mais nenhum exemplar, nem para remédio, para tristeza de um bando de araraquarenses (estamos por toda parte, sim) que me procuravam para saber se eu tinha algum exemplar guardado na Pousada. Some-se a isso dias lindos de sol, e uma lua cheia que iluminou o mar como um farol.

(18 de agosto de 2006)

# Seis filhos aforante os mortos

PALMAS – Não é fácil chegar a esta cidade do Paraná. É preciso fazer combinações de voos, e minha viagem coincidiu com uma frente fria que surgiu num repente. Congonhas-Florianópolis era uma etapa. Florianópolis-Chapecó mostrou-se problema, o aeroporto de destinação estava fechado, fiquei na sala de embarque lendo *Os invejosos*, de Alberoni. Tenho me dedicado ao assunto. Ele diz: "A pedra angular da inveja não é o desejo de qualquer coisa concreta, mas a impossibilidade de suportar uma diferença. Uma diferença de ser. Eu sofro por uma carência de ser em mim, uma carência evocada pela sua presença". Nesse momento, chamaram para embarque, Chapecó estava aberto.

Lutamos contra o tempo, o avião sobrevoou nuvens em todo o trajeto e, de repente, aquela camada cinza, compacta, se abriu e a pista estava à nossa frente. Bastou descermos, eu ainda estava apanhando a mala e o aeroporto fechou de novo. O santo é forte. Muito, é Santo Antônio.

Cheguei ao hotel na primeira hora da madrugada. Havia o folheto de uma pastelaria, a Pasteca, e pensei em pedir um lanche. Um pastel? Havia 26 tipos à escolha. No cardápio, iguarias como o Piu Piu, com salsicha de frango, milho, ervilha e queijo. Ou o Califórnia, com pêssego, abacaxi, figo, presunto de peru, tomate e queijo. O Bocão me assustou: frango frito na chapa, bacon e queijo. O Degas abriga filé mignon, catupiry, bacon, orégano e milho. Mas imbatível é o Demorado I: carne, milho, palmito, azeitona, presunto, queijo, salsa, bacon, ervilha, catupiry, pepino, tomate, orégano e calabresa. Minha nutricionista Heloisa Guarita (da qual tenho fugido) desmaiaria só em ler. Felizmente, a Pasteca estava fechada, era tarde. Como fazia frio, pedi um vinho na recepção e o funcionário me avisou que em Chapecó impera a lei seca. Depois de meia-noite não se vendem bebidas alcoólicas. Grande e diverso é o Brasil!

Na manhã seguinte, o carro das Faculdades Católicas Integradas de Palmas (Facipal) veio me buscar. Atravessamos 150 quilômetros debaixo de chuva, garoa e vento gelado. Plantações de soja e aveia. Pastos. Silos imensos.

Armazéns, depósitos. Concessionárias de tratores, colhedeiras, ensacadoras, semeadoras. Placas me avisavam: área de repouso a tantos metros. Repouso em lugar de lazer. Gostei. Caminhões de grãos, lentos, à nossa frente. Pequenas propriedades produtivas. Verdes esmaecidos ou um amarelo quase Van Gogh de plantações prontas para serem colhidas. Súbito, em uma cerca, centenas de barracas de plástico negro com a bandeira vermelha: MST.

"A paisagem de Palmas é larga e luminosa... Não vai plana; mas por lombadas e quebradas, por vales e coxilhas, por seios e regaços. Não é árida, mas verde, verde... lageados claros e borbulhantes...", diz Alvir Riesemberg, escritor, poeta.

Palmas vive da maçã, da batata-semente, do gado Caracu, da madeira compensada, da aveia. Fui à cidade convidado para o Encontro de Professores de Línguas e Encontro Sul-Americano de Professores de Línguas. O deste ano homenageou a professora Beatriz Helena Dal Molin, uma das criadoras dos eventos que tiveram um hiato de oito anos, sendo agora retomados. Nunca vi uma pessoa tão emocionada ao agradecer uma homenagem: Beatriz sufocava o choro e a fala mal saía. Palmas e os encontros fazem parte de sua alma. Oficinas, comunicações e painéis com professores vindos da Argentina, do Uruguai, do Paraguai e de todo o Brasil. Enquanto o ministro da Cultura canta em shows pelo Brasil e pelo mundo, as coisas literárias, mesmo desprezadas, vão acontecendo em Paraty, Passo Fundo, Curitiba (o Perhappiness), Ribeirão Preto e Bauru.

A catedral em Palmas tem um design singular. Vista de cima, lembra as tendas dos tropeiros. Uma visita é necessária para acompanhar a via-sacra em relevo, incrustada nas paredes, criada por um artista italiano, o padre Giulio Liverani. Sua via-sacra tem as estações tradicionais, mas os rostos, tanto de Cristo quanto de Maria, Verônica, Simão Cireneu e outros personagens, foram moldados a partir das expressões dos caboclos, dos camponeses, imigrantes, índios, com tal maestria que eles se inserem com naturalidade, mais do que isso, com impacto. A história da cidade permeia as estações. Ao morrer, Giulio deixou uma carta em que listou pessoas que o inspiraram nos rostos. O de um homem sendo espancado revelou os sofrimentos que ele passou nos campos de concentração nazistas, durante a última guerra. Ele estava para ser fuzilado, quando foi salvo pelas forças aliadas.

A temperatura, à tarde, tinha batido no zero grau. Passei pelo hotel para apanhar um agasalho. Na portaria, uma mulher respondia a uma pergunta: "Estou com seis filhos aforante os três mortos". Conduzido pelas professoras Lucy Nazaro e Luísa Lustosa, que me recepcionaram e ciceronearam (foi delas o convite), parti para as torres eólicas. A 30 quilômetros da cidade, no caminho de Porto União, quase divisa com Santa Catarina, cinco torres de aço elevam-se a 50 metros de altura. No topo, hélices de três pás, imensas. "Miragens fantásticas, surreais moinhos de vento", como foram definidas por Nivaldo Kruger, autor de um livro sobre Palmas, editado com alta qualidade por uma editora local, a Kaygange. Pensar que a cidade tem apenas 35 mil habitantes!

Na tarde gelada, paralisado pelo frio, pela garoa e pelo vento, eu não conseguia tirar os olhos das torres. Hipnóticas. No silêncio absoluto, o som seco do girar das hélices era grave, não soturno e sombrio. Uma cena de filme fantástico. Em outro planeta. As cinco torres, impulsionadas pelo vento que não cessa naquela altitude, alimentam com energia elétrica uma cidade de 20 mil habitantes. Ao lado, estão sendo erguidas mais oito. No planejamento virão mais sete. Sem barragens faraônicas, sem represas. O vento é grátis. Grande e diverso é o Brasil! Não fosse Brasília uma cidade medieval, rodeada por uma muralha de incomunicabilidade, os governos poderiam conhecer o país.

(19 de setembro de 2003)

# A cidade onde se anda em diagonal

BRASÍLIA – Entre o aeroporto e o hotel, onze da noite, atravessei extensa avenida que, na penumbra chuvosa, me parecia interminável e repetitiva, como se eu estivesse sempre no mesmo lugar. Ruas desertas, arborizadas, aqui e ali uma súbita explosão, eram os postos de gasolina coloridos e intensamente iluminados. No domingo à noite todas as cidades do mundo são vazias, as pessoas se refugiam à espera da segunda-feira e suas inquietações, com o reinício das aflições do cotidiano.

No hotel as línguas se misturavam, desci com um casal francês, sentei-me ao lado de uma americana e me encantei com as pesquisas de duas mulheres do Kuwait com suas roupas típicas, olhando desconfiadas para o alvo queijo mineiro, logo provado e aprovado com sorrisos infantis, experimentando a geleia de goiaba e enchendo o prato, enquanto mordiscavam pães de queijo. Deixei o hotel e, como sou um caminhante, perguntei ao porteiro: "Onde é que as pessoas andam aqui em Brasília?" Ele me mandou entrar à esquerda e me dirigir ao Parque da Cidade, uma reserva preservada com pistas para *jogging*, ciclovias, lago, pistas, quiosques. Não, não era isso o que eu desejava, nada de boa forma, boa saúde, queria ver o povo normal, as pessoas circulando, multidão na calçada. Em que lugar há gente e não carros, em que lugar Brasília se aproxima das outras cidades do mundo, se iguala, compete. Não queria o que ela tem de diferente e sim a igualdade, coisa inexistente, mas enfim... Sei, conheço os chavões, é uma cidade sem esquinas – mas elas aqui existem – e sem cruzamentos – ao menos se livram das *gangs* de vendedores de tudo e dos *jongleurs* que se exibem com comedores de foto e equilibristas de três bolas (já tem de cinco).

Deixei o hotel e sua sofisticação e andando, porque sou de andar a pé para ver, ouvir, cheirar, perguntar, indaguei do primeiro que me apareceu, um homem de terno, gravata e pasta executiva na mão: "Onde é o Centro?" Ele me olhou, demorou dois segundos e emendou: "O Centro comercial?" Disse que sim, era uma pista. Por mais que a gente vá a Brasília, não sendo de lá, não tem os parâmetros, os referenciais. E existe coisa mais instigante do que penetrar no desconhecido e deixar rolar? O homem da pasta executiva sorriu: "Quer ir para o Conic? Desça aqui na diagonal, vai dar lá." Não fiquei sabendo se era uma sigla, se era Conique, Conic, ou o quê.

Fui. Há momentos nesta cidade em que a vista se estende, abrange tudo, em outros, a visão se fecha, damos com um muro, uma parede, um tapume e em todos os tapumes – e em dezenas de *outdoors* – da cidade um nome PaulOctavio. Assim mesmo, com o O maiúsculo no meio. O homem parece querer deixar sua marca à força. Aconselharam-me a atravessar pela faixa, os motoristas brasilienses respeitam o pedestre na faixa, devem ter aprendido na Europa, porque no resto do país, faixa e não faixa, farol ou sinaleira (como queiram) dá na mesma, pouco importa, o pedestre é suicida.

Procurei a faixa, esperei, de repente comecei a ouvir um alarme, como se algum carro estivesse sendo roubado. Não era. Quando acende o verde para o pedestre, o farol nos alerta com uma sirene alta, poderia ser um bombardeio, não há como não ouvir, bom para cegos e surdos. Tendo procurado a faixa, me desviei um pouco, perguntei a um policial com farda azul – em São Paulo pensaria que ele era da aeronáutica – onde estava o Conic, ou Conique. Ele foi claro: "Conic, assim com o "c" mudo no final. O senhor vai pela diagonal, em dois minutos chega".

Prossegui, dei com uma placa: *Parada de ônibus para Serviço de Transporte do Público Convencional do DF*. Primeiro pequeno mistério: o que será um público convencional? Alguém que vem para uma convenção? Acontece que me distraí, porque entre o setor hoteleiro e o Conic estão algumas quadras e elas estavam se preparando para o dia a dia com centenas de camelôs abrindo enormes sacos plásticos, armando barracas, expondo produtos: calçados, celulares, capas para celulares, carregadores de celulares, celulares para crianças, produtos de beleza, vestidos, blusas, camisetas de time de futebol. Aliás, você encontra do Flamengo, do Botafogo, do Barcelona, do Fluminense, mas não encontra nada de São Paulo, futebol paulista não existe.

O que há em profusão espantosa é esse sutiã *high-tech* que levanta o seio da mulher. O que há com os seios das brasilienses? E tome VHS, DVD, CD, revistas eróticas, ventiladores de mesa, antenas de tevê, cartões de telefone, porta-retratos, bancas com fatias de melancia ou baldinhos com dez cajás-manga amarelas polpudas. Entre várias tranqueiras um sujeito me oferecia uma tabuleta de ferro: *Cuidado. Cão Bravo*. De alguma parte vinha uma fumaça tênue que dominava tudo como névoa ligeira com cheiro de churrasquinho. Parecia-me um corredor polonês de camelôs, cada um querendo que eu comprasse uma coisa.

Assim cheguei numa calçada onde foram me enfiando nas mãos folhetos e mais folhetos: crédito para aposentados (preciso rever minha figura, será que já ando com cara de sustentado pelo INSS?), para funcionários, para autônomos, para desesperados, para quem quiser dinheiro fácil. É entrar e sair com dinheiro no bolso. Uma agenciadora de dinheiro fácil atrás da outra e todas argumentando: *Sem margem consignável*. A frase representou um enigma para mim que não pertenço ao mundo financeiro. De repente, entre todas as espeluncas do crédito popular surgiu uma agência do Banco Safra – parecia miragem. Será que também não considera a margem consignável?

Agora, tinha me perdido mesmo, para que lado estava o Conic? Nova pergunta, um velho que consertava sapatos, tinha uma tábua cheia de pregos e saltos e borracha, estendeu a mão para trás e indicou: "Sempre na diagonal, sempre na diagonal".

Pensei: temos marginal, perimetral, Brasília tem seus eixos. O que será a diagonal? Rua, avenida, o quê? Coisa do Lúcio Costa ou do Niemeyer? Caminhei na direção do braço do homem e dei com uma fila. Como junto ao edifício Toufic havia uma obra e um tapume, deixaram um corredor para o pedestre atravessar e seguir – iam todos na diagonal? No corredor estreito cabia um por vez. Esperava-se todos que vinham de lá, depois se atravessava. Era uma fila como aquelas de rodovia em que uma pista fecha, passam os que vêm, outra fecha, passam os que vão. Diga-se: era a única passagem ou eu teria que dar uma volta e as voltas em Brasília nunca se sabe onde vão dar.

Do lado de lá do tapume algo como se fosse uma praça interna. Uma jovem morena dava de mamar a um bebê de poucos meses. Na frente dela, um sujeito olhando fixo. Ela se irritou:

– Nunca viu ninguém dando de mamar?

O tipo quieto, imóvel, olho arregalado, era um belo seio.

– Nunca viu peito de mulher?

O sujeito paralisado.

– Então, olha aqui!

Tirou o menino do bico do seio, mostrou ao curioso.

– Pronto, já viu! Quer mamar também, malandrinho vagabundo? Vai mamar na tua mãe! Agora, cai fora! Cai fora que está me irritando, me enchendo o saco e vai fazer mal para o meu leite.

Segui na diagonal, um mulato de bigodinho fino distribuía cartões, pedi um. Peço tudo, quero ler folhetos, panfletos, cartões, quero saber o que acontece.

– Para que o senhor quer? É de uma autoescola.

– Não posso querer? E se decidir fazer o curso?

– Nessa idade?

– Nessa idade.

– Não vai passar no exame médico, nem no de vista, não vai saber fazer baliza, nem engatar o câmbio, vai acabar matando alguém.

Gargalhou, mas me deu o cartão. A Lanchonete Coisas da Terra exibia um cartaz: *Aqui tem a cerveja Antártica original.* O dono ou um engraçadinho acrescentou com letra impecável: *Ou pelo menos tinha!* Metros a frente, uma banca lotada de mulheres em volta. O cartaz dizia: *Promoção de Calcinhas.* Um jovem me ofereceu um jornal por 25 centavos. Deve ser o mais barato do mundo. Muita gente comprando, peguei o meu. Era o *Agora*. Vendia pela capa que trazia a Ana Paula, aquela bandeirinha sexy da Federação Paulista num short apertadinho e uma bola entre as pernas.

Embaixo, um destaque policial:
*Em Água Linda, o motorista Neguinho matou o amigo*
*com um espetinho de churrasco de bambu.*

Uma lanchonete anuncia: Churrasco a R$ 3,50. Mas alerta: *Sem desperdício, sem repetir.* O barbeiro não é modesto, seu negócio chama A Tesoura Máxima. Uma criança distribui folhetos e usa um colete: *Compro ouro e cautelas.* Dezenas de jovens se aglomeram, será um cursinho, uma oferta e empregos. Vejo que todos trazem uma camisa bege com o logotipo CEB, Companhia Energética de Brasília.

Aqui deve ser o final da diagonal. Chego ao Conic. Um prédio descascado, marcado por grafites, pedaços do reboque caindo, janelas sujas. Parece que começou em ruína. Uma balbúrdia. Igreja de novas religiões, *sex shop* ao lado, teatro, lojicas de lambanças, puteiros, costureiras, chaveiros, tem de tudo, um caos, cheio de gente indo e vindo.

Tempo abafado, tenho sede, entro no El Sugo, ouço um jovem pedindo: "Me dá um energético". Penso em Red Bull ou coisas semelhantes. Não é. Num liquidificador a funcionária coloca xarope, banana, pó de guaraná, castanha e amendoim. Quando pensava: isso é uma bomba, olhei o cardápio e descobri que ali está o que chamam mesmo de Bomba: leva limão, amendoim, castanha, pó de guaraná e gelo. Não ouso, tomo um suco de graviola.

Refrescado penetro nesses prédios que, sendo um só, me parecem vários interligados. Ando e estou no Boulevard Shopping, depois não estou mais. O cineasta José Eduardo Belmonte que rodou um filme aqui dentro me contou que são vários conjuntos, cada um com uma administração própria e regras diferentes, muitas vezes opostas, contraditórias, paradoxais, incongruentes. Como esta caminhada aqui por dentro por corredores, becos, vielas, pátios, *cul-de-sac*. Brasília é presente, passado, Brasil, mundo árabe, parece tudo, tem de tudo, é tudo. Até capital distante deste Brasil.

(Correio Braziliense, abril de 2010)

# O homem que não quis carregar o arco-íris

PIRENÓPOLIS – Cada vez mais ligo literatura ao prazer de comer, nessas caminhadas pelo Brasil, levado por festas, festivais, feiras e bienais de livros. Conhecendo gente, escritores e costumes, falas e paisagens que se entranham em mim e me levam à conclusão, cada vez mais segura, de que o caminho que escolhi – ou para o qual fui levado – é o melhor. De Pirenópolis ainda trago da Rua Nova o cheiro quente do biscoito de queijo de dona Sebastiana, ao sair do forno e desmanchando na boca. Ou a pamonha frita que me abriu o apetite no restaurante Pedreiras, à beira do Rio das Almas, seguida por uma caipirosca de Murici.

Há ainda o bolo de pamonha assada, a coalhada fresca, os pãezinhos quentes e doces, o bolo de fubá do café da manhã na Pousada Casa Grande. No Empório do Cerrado, na Rua do Rosário, peça o filé ou o peixe acompanhado pela farofa de baru, semente da região, com a qual se faz também paçoca, pesto e licores. Não se vem a esta cidade sem experimentar o empadão goiano que tem palmito, frango, linguiça, tomate, e tudo o mais que a criatividade exija e exista na despensa da cozinheira. Esquecendo a gula, uma recomendação imperdível: vá à loja de Claudia Azeredo para descobrir tapeçarias, painéis, toalhas de cama e mesa (e algumas roupas) com desenhos geométricos insólitos, fascinantes.

No interior de Goiás, a 145 quilômetros de Brasília, pelas mãos de Iris Borges, nasceu a Flipiri, pequena festa literária, já com ares de grande. Falemos da cidade, um tesouro aos pés da Serra dos Pireneus. Fundada em 1727, foi centro de garimpeiros que buscavam o ouro existente no Rio das Almas. Uma enchente destruiu metade da ponte sobre o rio, daí o nome de Meya Ponte que a cidade carregou por muito tempo, até que os habitantes acharam que era esquisito e mudaram para Pirenópolis, por causa da serra que teria sido assim batizada por um frei que, chegando à região, considerou aquele o ponto mais alto do Brasil, tão alto quanto os Pirineus. Com 23 mil habitantes Pirenópolis é pequena e aconchegante, como se ela nos abraçasse.

Sua parte histórica, completamente restaurada, concorre em beleza com Ouro Preto e Paraty, acho mesmo que ganha. As ruas são calçadas com pedras "pé de moleque" em que a região é rica. Cores por toda a parte. Festas famosas como a do Divino e a Cavalhada. Claro que comprei várias imagens do Divino Espírito Santo, do qual minha mãe era devota, e coloquei no meu estúdio esperando inspiração. Cem são as pousadas, inúmeros os restaurantes e bares. A Rua do Lazer, à noite, está repleta de jovens nas mesas ao ar livre. Na Rua Aurora, certo dia do ano, a banda seguida pela multidão sobe até a igreja no alto e de lá se vê o sol nascendo de um lado e a lua do outro. É uma cidade encantada, boa de chegar, difícil de sair. Entende-se porque Eliane Lage, *superstar* do cinema nos anos 1950, a tenha escolhido como refúgio, vivendo com o pé na terra em absoluta paz, e por que Reynaldo Jardim,[1] poeta e reformador de jornais, ícone da imprensa, esteja sempre ali, numa mesa do bar Pireneus. Não o conhecia pessoalmente, apenas de lenda. Um símbolo da moderna imprensa brasileira, o homem que reformou o *Jornal do Brasil* nos anos 1950, criou o Caderno B – eu ficava na fila da banca esperando o *JB* chegar, porque logo acabava – e o Suplemento Dominical, o jornalista que escreveu sete livros de poesia e editou a revista *Senhor*. Figura imponente, aos meus olhos maior ainda.

As falas principais da Flipiri foram na Casa da Câmara e Cadeia que o IPHAN restaurou, assim como restaurou em todo seu esplendor a igreja matriz de Nossa Senhora do Rosário, destruída

---

[1] Nascido em 1926, em São Paulo, Reynaldo fez carreira no Rio de Janeiro. Morreu no dia 1º de fevereiro de 2011.

por um incêndio em 2002. Essa igreja está citada no livro de Saint-Hilaire em sua viagem ao Brasil. Para mim, as falas fundamentais foram realizadas no entorno da cidade, nos chamados povoados e nas escolas, com as crianças. Nada menos do que 23 escritores do grupo Casa de Autores, de Brasília, criação de Íris Borges, e muito bem organizado com portfólios e tudo, contaram histórias, cantaram, fizeram leituras e conversações com a meninada.

O essencial desses festivais é procurar estimular o hábito da leitura, a formação do leitor que, uma vez capturado, jamais deixará de ler. A turma da Casa do Autor é toda jovem, animada, canta, dança, toca violão, todos bem-humorados e felizes. A Flipiri precisa entrar no calendário cultural não só da cidade como de Goiás e do Brasil. Tem gabarito. Eram esses autores que animavam a noite na Pousada em saraus improvisados e divertidos que iam até às quatro da manhã. No dia seguinte, levantavam cedo e iam para o trabalho.

A Festa foi encerrada com a exibição do documentário sobre José Lins do Rego, de Vladimir de Carvalho, num cinema lotadíssimo. O filme é uma recuperação comovente e objetiva desse que foi um autor dos mais importantes, um dos fundadores do regionalismo, ao lado de Graciliano e Jorge Amado. Vladimir é cineasta de extrema sensibilidade e apuro, exato no *timing* e na dramaticidade. Zé Lins, um autor que teve embates com a crítica e ainda é injustiçado, precisa ser revisto. Vladimir, na vida real, tem uma vantagem. Sua companheira Lucília Garcez é doce, acolhedora, bem-humorada, hospitaleira. E grande escritora infantil.

Agora, se me perguntarem um dos sucessos da Flipiri vou dizer. Foi Luisa, filha de Alessandra Roscoe. Ela acompanhou os escritores por toda a parte, todas as escolas, almoços, sessões, sorridente e calma, sempre no colo de alguém, afinal tem apenas dois meses. Começou bem a vida. Houve um episódio engraçado. Alessandra, para contar suas histórias, leva uma série de acessórios. Um deles é um arco-íris de madeira supercolorido. Certo dia, sobrecarregada, afobada, apanhou as tralhas antes de entrar em uma escola e pediu a um senhor que, por favor, levasse para ela o arco-íris até a sala de aula. Solene, o homem respondeu: "Sou um funcionário, mas carregar arco-íris não é minha função, não é de minha alçada". Tudo bem, um menino levou o arco-íris e jamais esquecerá aquele dia. Afinal, quem de nós na vida já carregou um arco-íris?

(27 de fevereiro de 2009)

# O perfume de um almoço em Vera Cruz

MARÍLIA – Andei pela ruas desta cidade onde nasceram pessoas como Sérgio Ricardo, cantor e compositor, aquele que revoltado quebrou o violão no palco do Festival de MPB, em 1967, ou Dib Lufti, o fotógrafo que captou todas as imagens do Cinema Novo, e ainda Osvaldo Mendes, jornalista, produtor e diretor teatral. Estava em busca de mim mesmo e assim procurei o Yara Clube na Rua Sampaio Vidal, Centro. Ali tinha frequentado domingueiras durante as férias nos anos 1950. Frequentar significava entrar no salão, apanhar um Cuba Libre e olhar. Olhava. Como olhei, sem avançar. Passei a adolescência e a juventude a olhar, imobilizado pela timidez e por não saber dançar, a não ser boleros, dois para lá, um para cá. Ainda que continue com uma sede esportiva fora do Centro, o Yara não existe mais na Sampaio Vidal. No lugar está um restaurante popular, um quilo como se tornaram conhecidos, necessidade dos tempos que correm.

Na minha busca quis rever o Cine Marília e o Cine Bar,[1] instituições de uma época. Esquecido de que essa época ficou meio século atrás, quando ainda existia café na região. No Cine Bar, em 1965, Edla Van Steen, com *Cio*, Thomaz Souto Correia, com *A morte semivirgem*, e eu com *Depois do sol*, fizemos a primeira tarde de autógrafos da história da cidade. Naquele ano, houve um festival de cinema e Anselmo Duarte esteve lá com *Vereda da salvação*, adaptado da peça de Jorge Andrade. Lançamentos com autógrafos eram coisa nova, ninguém sabia como agir. O Cine Bar lotado, gente a olhar para os autores, enquanto estes, por sua vez,

---

[1] Muitas cidades do interior tinham um Cine Bar, principalmente na região da Alta Paulista e da Sorocabana. Era um bar vizinho ao cinema, ligado ao *lobby* onde se encontravam as bilheterias. Na saída, ali as pessoas se reuniam, flertavam (como se dizia), paqueravam, namoravam, bebiam ou tomavam sorvetes. As baladas começavam cedo, terminavam cedo.

contemplavam o público. Exasperante momento de hesitação e dúvida, até que Anselmo comprou um livro de cada um, pediu autógrafos, o povo compreendeu o mecanismo, a tarde começou.

No dia seguinte, fomos levados em jipes abertos a uma fazenda, haveria um churrasco, como parte do Festival. Quase meio-dia, sol a pino, calor, estrada de terra. O jipe à nossa frente nos fazia comer poeira. Foi quando Thomaz Souto Corrêa, hoje vice-presidente da Abril, recomendou ao motorista que desse uma distância, afinal a poeira, além de sufocar, estava deixando marrom o terno azul de Almeida Salles, que todos chamávamos de Presidente. Francisco Luiz de Almeida Salles era o crítico de cinema do jornal *O Estado de S. Paulo*. Um dos melhores ensaístas de cinema do país, suas críticas falavam de filosofia, sociologia, história, cinema. Gerações se formaram com ele, eu inclusive. Almeida foi presidente da Cinemateca Brasileira, daí a alcunha com que o tratávamos. Humor e respeito, misturados. Nunca vi Almeida Salles sem o terno escuro e a gravata. Com o copo de uísque nas mãos, tinha banqueta perpétua no barzinho do Museu de Arte. Em Cannes era recebido pelo diretor do Festival. No Brasil, desde que fosse para falar de cinema, atendia qualquer pé-rapado que se sentia importante. Pois bem, quando Thomaz pediu ao motorista para tirar o pé do acelerador, Almeida virou-se:

– Não se preocupem! A poeira não me perturba. Afinal, ela é a carícia da terra generosa!

O Cine Marília e o Cine Bar desapareceram, há um banco no lugar, símbolo de nossa civilização. Ao menos, ainda está lá o Edifício Marília, o primeiro arranha-céu da cidade. Certas noites, subíamos ao último andar, havia um restaurante chique, mas da comida não me lembro. Lembranças que se foram, Marília é uma cidade com mais de 200 mil habitantes, esparramada, ruas largas, horizontes vastos. Da janela de meu hotel, no centro, eu via os limites da cidade, curiosos grotões, como *canyons*, que me faziam bem à vista. Eu, a olhar!

A cidade ainda não se debruçou sobre estes mini precipícios batidos por uma claridade que fere. O céu da cidade continua o mesmo, resplandecente. O bom é que o Cine Clube está voltando às atividades e lembrei de Roberto Cimino, alfaiate valoroso (essa é a palavra) que dedicou sua vida ao Clube. Quem está procurando reativá-lo é justamente seu filho. Havia então cineclubes por todo o Brasil, exibindo filmes e discutindo, jovens escrevendo críticas e até alguns cineastas amadores com câmeras Paillard Bolex em 16 mm.

Os festivais de cinema de Marília ficaram conhecidos e levavam famosos de São Paulo e Rio. Cimino tinha sentido de mídia, convidava também as modelos da Rhodia, *superstars* da mídia. Mila Moreira, modelo, hoje atriz de tevê, Joana Fomm, Helena Ignez, Aurora Duarte, Anick Malvil, Ivy Fernandes (considerada a Pascale Petit brasileira, moreninha, mignon, sensual), Fernando de Barros, Lola Brah, Alberto Ruschel, Jacqueline Myrna, estrelas de uma época, foram pessoas que vi desfilando em carro aberto pelas ruas. Nunca recuperamos tudo que ficou para trás e, muitas vezes, nem queremos, para flutuarmos na delícia do imaginário.

Por outro lado, Marília tem dona Geysa, mulher de 85 anos que lê muito e queria me conhecer. Fui a ela. Doce, conversadora, lúcida, bem-humorada, tem uma tirada atrás da outra. Dessas pessoas que viveram várias épocas e são a história viva do cotidiano. Quando decidiu aceitar o pedido de casamento daquele que foi seu primeiro e único namorado, com quem se casou e viveu toda a vida, ela definiu-se:

— Saiba que estou vindo diretamente da fábrica ao consumidor.

Existe frase melhor? Depois do primeiro beijo no cinema, encabulada, perguntou ao namorado:

— Te decepcionei? Não sei beijar? Não podia saber, nunca tinha beijado, acho que fiquei de boca aberta. Se quiser me ensinar, me ensina, desde que eu seja a única.

O cuidado que se tinha com as relações. Geysa levanta-se cedo, lê jornais, livros, segue telejornais, conversa, passeia, ouve música. Certas manhãs, coloca um CD, fecha os olhos e dança com o marido em pensamento. Viver tem sabor.

Estive em Marília levado pelo Programa de Educação Tutorial (PET), das Ciências Sociais da Unesp, fiz duas falas e corri me refugiar na cidade vizinha, Vera Cruz, a dez minutos. Lá onde nasceu Benedito Ruy Barbosa, o novelista. E também Manoel Beato, considerado um dos melhores *sommeliers* do Brasil, atualmente no Fasano, uma grife. Queria reencontrar outros lugares de infância como as fazendas do Juca, do Costinha, do Assis, do Ito, do Nago, dos Furtados, do Mundinho, do Costão, um português que plantava uvas e produzia vinhos, com quem me iniciei em enologia aos 14 anos. E quase terminei. Apelidos me vinham, Nhô, Tucun, estranhos, quais eram os nomes deles? De Marília, com o primo Dafnis, decolávamos do aeroporto e voávamos até Vera Cruz, dando rasantes sobre as fazendas e cidades.[2] A liberdade de voar num aviãozinho daqueles nunca mais se repetiu, os Airbus e Boeings de hoje não têm graça. Aquilo era a liberdade total, a insegurança, aventura e risco. Dali minha paixão por aviões.

Agora, o que primeiro avistei quando entrei em Vera Cruz foi a torre com a sirene que, na rua principal, no começo da noite anunciava que a sessão de cinema ia começar. As pessoas corriam, quem estava a jantar se apressava. Nina e Silvio, primos, ou primos dos primos, me receberam e convocaram parte da cidade. Tudo correu à moda antiga para comemorar a biografia de Ruth Cardoso, o aniversário de *Zero*, as palestras na Unesp, o dia azu-

---

[2] Essas férias e esses voos com Dafnis da Costa e Silva tornaram-se literatura. Estão no conto "Túmulo de vidro", do meu livro *Pega ele, Silêncio*, o terceiro que publiquei na vida, e que ganhou um prêmio especial no Primeiro Concurso de Contos do Paraná. Livro que dediquei a quatro pessoas-chave na minha vida e que já partiram: Álvaro Paes Leme, que me deu o primeiro emprego. Jorge Andrade que me ensinou diálogos e levou *Zero* para Roma, nos anos 1979. Luciana Stegagno Picchio que acolheu o livro e conseguiu publicá-lo na Itália, e para Antonio Tabucchi que o traduziu magnificamente.

lado, a cidade imobilizada ao sol, como sempre foi. No entanto, daqui desta vila sai o pensar e o idealizar de uma revista chamada *Café Espacial,* com quadrinhos, textos, fotos, entrevistas, que estaria à vontade em São Paulo ou Nova York.

Tudo naquela tarde rescendia ao perfume quase obsceno, de tanto que provocava os desejos, de uma leitoa pururuca com abacaxi que se derreteu na boca, carne de panela, tutu de feijão, frango com quiabo, batata doce, banana frita. O aroma das comidas foi proustiano, passado e presente, hoje e ontem, futuro, todos os tempos misturados. Vieram todos e também os mortos, lembrados aos risos, porque a maioria da família sempre foi de farpas pontiagudas, ironias e gozações, de tirar o pelo dos outros com afeto, cheios de sarcasmos e brincadeiras, respostas prontas. Tudo isso que a literatura me tem proporcionado, fazendo com que eu me renove sempre, me encontre no ontem, me projete no amanhã, correndo para o futuro. Voltei no avião com pão feito em casa e geleia de laranja, também caseira.

(5 de novembro de 2010)

# Quantos quilos pesa uma ideia?

IGARAPAVA – Vivi aqui? Estive aqui? Como? É a primeira vez que passo por estas ruas e praças. Forte sensação familiar me envolvia, me deixava inquieto e eu não conseguia definir. O que me ligava a Igarapava, na ponta da Via Anhanguera, divisa do Estado de Minas Gerais, cidadezinha simpática de 27 mil habitantes, com um povo bem-humorado e criativo, dado a apelidar tudo? Uma rua, onde as pessoas se exercitam caminhando, é chamada de Gordovia. Um bairro distante que tem limites imprecisos, pode ser Igarapava, pode ser outro município, ganhou o nome de Nem Nem, nem de um nem do outro. E o bairro em que a Cohab fez casas sem a porta do fundo (acreditem) ficou Pega Ricardão!

Levado pelo Departamento de Cultura, dirigido por Claudia F. P. Borges, fui ao encerramento do Concurso de Desenho, Poesia e Redação quando alunos do Ensino Médio e leitores ganharam prêmios por escrever e ler. Comove premiar pessoas pelo fato de lerem. Dos 15 premiados, dois foram homens, o restante, mulheres. Também a plateia da noite era 80% de mulheres. O que acontece com os homens? A cerimônia no Grêmio Igarapavense, fundado em 1916, me fez estremecer, e me remeteu ao salão paroquial da Santa Cruz em Araraquara, onde vivi centenas de noites de minha infância vendo teatro. Um elo foi encontrado.

Em matéria de iniciativa nas áreas de educação e cultura, Igarapava dá de dez em muitas cidades grandes, porque o prefeito Francisco Tadeu Molina não hesita em autorizar passagens, hospedagem e cachês para levar gente como Affonso Romano de Sant'Anna, Lya Luft, Içami Tiba e outros, estando de olho em nomes como Lygia Fagundes Telles, Zuenir Ventura, Luis Fernando Verissimo. É a palavra de quem traz diferentes experiências de vida e visões de mundo.

No meio de uma tarde paralisada pelo mormaço, fui à Usina Junqueira – o império criado pelo coronel Quito e sua mulher, a lendária Sinhá Junqueira, está hoje nas mãos da Cosan, um dos maiores grupos privados do Brasil, com negócios nas áreas de energia, alimentos, logística, infraestrutura e gestão de propriedades agrícolas. É uma minicidade, de casas iguais, em torno de uma praça dominada pela igreja que abriga vitrais do pioneiro Conrado Sorgenitcht, o mesmo do Teatro Municipal de São Paulo, da Sala São Paulo, do Mercado Municipal, da Faculdade de Direito do Largo São Francisco. As casas dos trabalhadores diferem dos habituais projetos residenciais populares porque se pensou em estética e conforto. Por mais modesta que seja, há em cada casa varanda e jardim.

Pelas ruas desertas ao ver a poeira vermelha na calçada e nos interstícios dos paralelepípedos, fui transportado para os anos 1950, para a Usina Tamoio, ao lado de Araraquara, e me encontrei no "consultório" de meu tio Tico (ele se chamava Francisco), oculista. Oculista não era um oftalmologista formado e sim o perito em tirar microfarpas da cana queimada dos olhos das pessoas. Outro elo encontrado.

A biblioteca da Usina, denominada Paulo Arantes (parte do acervo original aqui se encontra e tem Paul Claudel, Camus, Jacques Maritain, Gide e também Lolita, de Nabokov), está junto ao pequeno museu que conta a história da empresa por meio de peças conservadas por memorialistas que persistem. Quem nunca viu de perto o farol de uma locomotiva a vapor espanta-se com o diâmetro do foco de luz, é de quase meio metro, ou com o tamanho do sino de bronze que provocava arrepios quando o trem entrava na estação. Nas doze fazendas (em Vargem Grande nasceu Zé Rodrix) que compunham o conglomerado Junqueira[1]

---

[1] Para saber mais sobre os poderosos Junqueiras, uma dinastia, leiam o trabalho de Maria Aparecida Junqueira da Veiga Gaeta, *A flor do café e o caldo da cana*, edição da Fundação Sinhá Junqueira.

havia uma rede com 70 quilômetros de ferrovias. Na farmácia, sobre a mesa, o clássico Chernoviz, bíblia dos farmacêuticos e manipuladores de receitas, raridade. Quem leu *Quarup*, do Antônio Callado, se lembra do Chernoviz, elemento essencial no enredo.

Um livro grosso, dividido em segmentos, traz o nome do paciente, o remédio indicado, como tomar, quando devia fazer o retorno. O clínico geral – que hoje está reaparecendo – acompanhava tudo e todos. Um dos remédios? Vinho ferruginoso. A escrita é de quem tirou nota dez em caligrafia. Num armário, ampolas abrigam os fios de suturas (*fil pour pansement*) importados da França e Alemanha, devidamente esterilizados. As ampolas magras lembram o lança-perfume Colombina, aquele de vidro. Conheci a Sarjadeira, pequeno instrumento circular cheio de lâminas para fazer as incisões sobre as quais o médico colocava as ventosas. Estas, de vidro grosso, ali estão.

Percorro o museu que bem merece um apoio maior da Cosan, afinal, pelo gigantismo de tudo ela parece movimentar muito, mas muito dinheiro. Numa das salas, cristaleiras de dona Sinhá Junqueira, um mito da região. Cálices e copos de cristal importados com desenhos que são puras filigranas. A discoteca de 78 rpm que pertenceu ao clube recreativo, onde se dançava nos fins de semana, deliciaria Zuza Homem de Melo. Encontrei Mariana, cantada por Antógenes Silva. Antógenes? "Je vous aime", com Nilo Sérgio, que também canta "Beguin the beguine", "Brotinho", com os Galãs do Ritmo, "O meu boi morreu", marcha conga de Raul Tanes ou "Maria", de Simon Bountman e Orquestra do Cassino do Copacabana Palace. Conhece essa gente, Zuza? Mas há também "Ó Lalá", de Severino Araújo, "Renda nova", com Linda Baptista, "Cuba libre", com Xavier Cugat, e muitos Carlos Galhardo, Francisco Alves, Orlando Silva, Dircinha Baptista.

Então, o fascínio. No canto obscuro de um armário dei com um instrumento extraordinário dos anos 1940, ali designado apenas como balança de precisão. Não dizia tudo. Quando Marisinha, bibliotecária e curadora do museu, explicou, perdi o fôlego. Podem imaginar uma balança com precisão para pesar uma folha de papel? Podem. Mas podem pensar em uma balança com tal precisão que pesa a diferença entre uma folha de papel em branco e uma de papel escrito? Ela registra o peso da escrita, da tinta. Letra mais grossa, letra mais fina deviam influir. Havia tintas que pesavam mais do que as outras? A tecnologia evoluiu ou apenas se refinou? Por um momento, meu pensamento avançou: e se essa balança fosse capaz de pesar também os conteúdos, avaliar em quilo o peso das ideias? Quantos títulos que dominam a mídia, os cadernos culturais e as resenhas teriam peso zero, equivaleriam a livros em branco?

No fim da noite, a caminho do Bar Imperial (novo elo, me vi no bar do Pedro, no extinto Hotel Municipal de Araraquara), onde o peixe é saboroso, senti o cheiro no ar. Era o último elo que faltava. Cheiro espesso, peculiar, penetrante. De noite, vegetação, árvores, grama pisada, pedras quentes, coqueiros, cheiro de umidade, de sereno. De solidão. Cheiro da madrugada na adolescência quando regressava para casa e pensava: o que fazer da vida? Só sei escrever. Sei? Fechou-se a sensação. Há coisas que retornam para nos lembrar quem fomos, o que sonhamos e advertir para que não nos desviemos da paixão.

(31 de novembro de 2006)

# Curiosas pontes que a vida constrói

ARARAQUARA – Quem já olhou para a própria vida, percebendo pontes no tempo? Momentos que, de uma maneira ou outra, ligam passado e futuro, cancelam distâncias entre países? Dia desses, em família, enquanto esperava um táxi que me levaria à rodoviária, e olhávamos fotos, uma prima, Marilda Brandão, ao me ver com uma expressão estranha, perguntou:

– O que você pensava na hora da foto?

Sem querer e sem saber, ela fez a pergunta que faço quando vejo fotografias e investigo a expressão das pessoas. Essa inquirição o personagem de meu romance, *O anônimo célebre,* faz. É coisa que o inquieta, o leva a passar noites insones, debruçado sobre montes de imagens.

A mesma pergunta vem sendo feita há séculos pelos que contemplam a Mona Lisa. No que ela estaria pensando? O que seus olhos refletem? Quando vejo velhos filmes, procuro o olhar dos figurantes, fico atento aos casais que fazem figuração, servindo de escada para o ator ou a estrela. Acabam participando de cenas que no futuro se tornam clássicas na história e nunca saberão disso. Ali, no *set*, contemplando os protagonistas, o que sentiam? Admiravam? Invejavam? Odiavam, ressentidos? Sonhavam ser como ela, ou ele, *superstars*? Aqueles eram as estrelas, eles apenas figurantes sem nome. O que faziam na vida quando não conseguiam uma figuração?

Esse olhar nas fotos – mesmo as recentes – e o que ele representa é enigma, mistério fascinante. Jamais solucionado. Ante a pergunta de Marilda, olhei para o pôster que O Ateneu fez para o lançamento dos *Cadernos de Literatura Brasileira* do Instituto Moreira Salles em Araraquara. O Ateneu é o estúdio de Carmine Tucci, fotógrafo amigo, cuja preocupação com a memória de imagens de Araraquara me encanta. Há anos ele coleciona postais, procura e reproduz fotografias antigas da cidade e recolheu vasto acervo.

Dos seus arquivos saiu a foto (rara, porque já demolida) da casa de dona Ruth Cardoso, na Rua 3, quando fiz um perfil da primeira dama para a revista *Vogue*.[1] O Ateneu produziu as ampliações da mostra sobre minha carreira que o meu irmão João Bosco montou e agora vai percorrer a cidade. Da Casa de Cultura para a Biblioteca. Dali para a Unesp. E por que não para o Colégio Progresso e o EEBA, escolas onde estudei?

Olhei a foto, tirada em Berlim por Isolde Ohlbaum, fotógrafa singular pela especialidade. Só faz *portraits* de escritores, tem vários livros publicados. A minha, do pôster, foi batida em 1982, em Berlim, junto ao bunker de Anhalter. Anhalter foi, nos anos de ouro de Berlim, 1920 e 1930, a principal estação ferroviária (*Hauptbahnhof*) da cidade. Quem viu o filme *Cabaret* se lembra de Michael York chegando a Berlim em Anhalter, dali seguindo para a pensão onde morava Sally Bowles (Liza Minelli). O bunker que se vê às minhas costas é o mesmo que aparece em *Asas do desejo,* o filme de Wim Wenders. Nele, Peter Falk participa de uma filmagem.

A pergunta mexeu comigo. Olhei para meu ar irônico e desafiador, interrogativo, perplexo. Tenho o olhar perplexo. Ao menos, penso que tenho. Vai ver é essa necessidade de entender a vida. A memória afetiva tentou funcionar. Quase doeu com o esforço. Memórias podem doer. Não me lembrei do mês. A sessão de fotos foi à tarde, depois do almoço. Estou com uma camisa preta, de tecido grosso, parecida com as que John Wayne usava nos filmes de faroeste. Um cachecol de lã e a minha capa Burberry de estimação, mais surrada que a do detetive Columbo (o seriado com Peter Falk; de novo Peter Falk). Fazia frio, o céu estava fechado. Começava o inverno ou foi uma dessas frentes frias que

---

[1] Esta entrevista, publicada num especial da *Vogue* em 1995, foi a base, no futuro, da biografia de Ruth Cardoso, publicada com o título *Fragmentos de uma vida*.

atravessam, às vezes, o norte da Europa? Aqui, elas vêm da Argentina. Lá, acho que vinham da Sibéria. Caminhamos até Anhalter, debaixo de um céu carregado. Era perto de casa.

O que eu pensava, no que pensava? Impossível recuperar. O momento se perdeu, assim como meus pensamentos. Pensei tanto depois. A verdade é que aquele olhar de 1982 acabou estabelecendo uma ponte entre uma tarde em Berlim e uma noite em Araraquara, em 2001. Na vida, quantas pontes construímos no tempo?

O pôster produzido pelo Ateneu transportou Berlim para dentro de uma noite de festa em Araraquara. Ligou 19 anos e 20 mil quilômetros. Então, observando a fila de espera, logo depois de Leila Cury Olivi, mulher que admiro, bela, forte, destemida, dei com o sorriso de Suely Marchesi, amiga fiel, irmã, confidente e hoje das pessoas mais próximas de toda a turma do final do colégio em Araraquara. Suely, que com suas sandálias de tiras vermelhas, numa tarde dos anos 1950, no hall do cinema, iniciou outra ponte no tempo. Trinta anos depois desse encontro casual, em que as sandálias mexeram comigo, ao entrar na Cinemateca de Berlim, dei com uma alemãzinha morena, usando sandálias de tiras vermelhas.[2] O tempo perdeu limites, contornos. Araraquara, anos 1950, se uniu a Berlim, anos 1980. Não, Marilda. Não posso me lembrar do que pensava quando a foto foi tirada. Só tinha uma coisa na cabeça: que minha vida haveria de dar certo. Mas posso dizer que esta vida (ainda cheia de projetos), com essa foto na mostra, juntou pedaços, uniu fragmentos dispersos. Porque assim a vida constrói as coisas. O que parece não ter sentido agora vai ter amanhã, seja quando for esse amanhã. O que pensamos ser uma situação isolada, hoje, está lá atrás delineada. Não há acasos, nem coincidências.

(31 de agosto de 2001)

---

[2] Esta cena acabou sendo um capítulo do meu romance *O beijo não vem da boca*.

# Saltimbancos no interior do Paraná

GUARAPUAVA – Cinco da manhã, Marina Colasanti, pontualíssima, apesar da hora, desceu do seu apartamento no hotel, o motorista levou sua mala para o carro. Atravessamos a cidade deserta. Por que as cores dos semáforos parecem mais vivas no vazio da madrugada? Durante uma hora viajaríamos no escuro, até que as sombras se retiraram. Na noite anterior tínhamos ido dormir quase meia-noite, após uma conversa inesquecível no Sesc local. Ao final fomos rodeados por estudantes e professores para os inevitáveis autógrafos e fotografias que pipocam na rede social minutos depois.

Passei uma semana como um homem privilegiado. Porque enquanto a plateia sentava-se distante para ouvir Marina, fiquei ao lado dela. Sua fala é precisa, exata. Não desperdiça palavras e cada momento vem cheio de poesia, informação, visão de mundo. Se o mediador conduz para o feminismo, ela traz intensa bagagem. Se fala de contos de fadas, crônica, poesia, ensaio, ela surfa equilibradíssima sobre a onda. Escreve e ilustra os próprios textos, o que significa domínio total.

Não tínhamos muito tempo para jantar em restaurante após os debates. No entanto, experientes em viagens pelo Brasil saíamos à tarde, procurando uma padaria. Marina é assim. Está à vontade seja num restaurante parisiense como o Chez René, onde estivemos juntos em maio (leiam o último texto deste livro "Os primeiros aspargos da primavera"), seja na padaria Real, em Umuarama, deliciando-se com um beirute saboroso, num pão sírio delicado. Nós é que fazemos o momento. Em Maringá, escritores locais, da Academia, nos ofereceram um jantar. Mas em Umuarama, Paranavaí, Campo Mourão e Guarapuava fomos a padarias e lanchonetes, porque preferimos comer lanches rápidos, misto quente, pingado de café com leite, antes das palestras, para dormir leve, uma vez que a cada dia saíamos cedo de uma cidade para outra, saltimbancos que somos.

Três horas de Maringá a Umuarama. Duas e meia de Umuarama a Paranavaí. Duas e meia até Campo Mourão. Anos atrás, demorei a saber de onde tinha vindo uma empregada nossa. Ela dizia: Camorã. Até que descobrimos, era Campo Mourão. Duas horas e meia até Guarapuava, sempre rodando numa van. Incrível como o Paraná, estado agrícola, que depende do tráfego de caminhões, possua estradas que parecem vicinais, pistas únicas. Tudo se torna lento. Entre Maringá e Umuarama, a certa altura, havia um desvio por causa de um acidente. O congestionamento se estendeu. Contei 113 caminhões enfileirados formando uma muralha como a da China.

Entre os dias 10 e 14 de setembro, autores como Marina, João Gilberto Noll, Luiz Henrique Pellanda, Luiz Andrioli, Nivaldo Kruger, Angela Russi, Norbert Heinz e eu, levados pelo Sesc, atravessaram o interior do Paraná, cruzando-se em algumas cidades. Uns na direção inversa dos outros, conversando com o público sobre o tema *Reinventar-se em busca do leitor*. Fazia anos que não penetrava no interior do Paraná. As cidades mais novas – novas, mas com 75 anos – trazem ruas e avenidas largas e praças imensas, os pioneiros tiveram o bom senso de ampliar o espaço público. E muita vegetação, árvores e mais árvores, ainda que as araucárias sejam raras. A seca castiga e o que se vê entre Maringá e Campo Mourão são campos de cana, pastos e silos, silos. Totens gigantescos de cor prateada. Depois entre Campo Mourão e Guarapuava e em seguida na direção de Curitiba, a paisagem muda, torna-se mais colorida, estendendo-se em plantações de soja, ora verdes, ora douradas. Ou, tendo os grãos já sido colhidos, resta a terra revirada e seca. Colinas e serras, a rodovia enrola-se em curvas e nas manhãs há neblina e orvalho brilhando sobre as folhas.

Há escritores difíceis, há escritores complicados de se conviver, trabalhar ou viajar juntos. Há escritores que se acham. Fazem exigências de hotel, condução, comida, camarim, como se fossem primas-donas. Mas há escritores que proporcionam prazer e alegria de estar ao lado. Como Marina, cujo nome atrai plateias ansiosas, seduzidas pelo seu texto e sua simplicidade, pela sua doçura e envolvimento. Ao falar, ela provoca, mexe com as cabeças, embala as pessoas. Contadora de histórias, seu tom de voz se alterna entre o musical e a dureza de uma afirmação contundente, principalmente sobre a condição da mulher brasileira. Estar ao lado dela é sentir-se estimulado a trabalhar bem.

O último encontro em Guarapuava, para mim, teve dos mais belos finais entre todas as mesas de que participei em muitos anos. Com uma memória e um conto. Realidade e ficção. Para fechar, contei uma história sobre meu avô, lembrança que é tema de meu próximo livro, *Os olhos cegos dos cavalos loucos*. Gira em torno de uma caixinha vermelha, envernizada, na qual meu avô José guardou, por décadas, preciosas bolinhas coloridas de vidro, que tinham imenso significado em sua vida. Um dia, as bolinhas sumiram, porque surrupiei todas e perdi nas calçadas, e ele ficou muito mal.

Marina narrou o conto de uma princesa que, a cada aniversário, ganhava do rei, seu pai, uma pedra preciosa que guardava numa caixinha. Aos quinze anos, ele iria montar para a princesa o mais belo colar do mundo. No entanto, a princesa tinha dado pedra a pedra a um pássaro faminto que chegava em sua janela, em cada aniversário. A caixinha esvaziou, assim como esvaziou a caixa de bolinhas coloridas de meu avô. Sem que um soubesse do outro, porque esses encontros são improvisação constante e neles as conversas tomam rumo próprio, colocamos no palco duas caixas que mexeram com a imaginação e a emoção da plateia, provocando lágrimas e aplausos.

(21 de setembro de 2012)

# O fotógrafo que dançava Charleston

JOINVILLE – Uma tarde de sábado, final dos anos 1950, eu estava na casa do Fernando de Barros, na Rua Paim, 106, São Paulo. A casa do Fernando era um *point* da moda e do cinema e vivia cheia de modelos, fotógrafos, jornalistas, atrizes, atores, teatrólogos, estilistas. Eu tinha vindo do interior, não conhecia muita gente, Fernando meio me adotara e do apartamento da Rua Paim lembro-me até hoje do cheiro, dos quadros, das fotos de cenas dos filmes de Fernando: *Caminhos do Sul, Perdida pela paixão, Apassionata*. E uma estatueta do Saci, o prêmio de cinema e teatro dado pelo jornal *O Estado de S. Paulo*, cobiçado como o Oscar – como eu invejava – que ficava sobre a mesa do escritório.

Naquela tarde de sábado, eu almoçara com Fernando e Giedre Valeika, mulher dele, das mais belas modelos do Brasil, exclusiva do estilista Dener. Terminado o almoço, Giedre e Fernando saíram para um estúdio fotográfico. Fiquei ouvindo música, Fernando sempre tinha os últimos sucessos europeus, viajava muito. Tocaram a campainha, Benedita, a empregada – ficou com Fernando mais de 50 anos, até ele morrer – atendeu. Entrou um homem de altura mediana, porém forte, careca, cabeça raspada à navalha, como só o Yul Bryner tinha, e uma camisa chamativa, diferente. Olhos claros e um sorriso aberto e irônico. Ao lado dele uma mulher loira e alta que achei deslumbrante. "Olá, sou o Apolo! Esta é Elisabeth, minha mulher. Você quem é?" Ia direto, sempre. Fiquei sabendo que tinham passado o dia vagando por chácaras, sítios e Granjas entre Cotia, São Roque e arredores de Sorocaba para achar um galo vermelho. Um galo vermelho? O galo era parte da produção de uma foto. Apolo contava as peripécias pelos galinheiros e granjas com humor. Começou ali nossa amizade.

O humor acompanhou Apolo a vida inteira, tornava-o comunicativo, às vezes gozador demais, insolente, não admitia gente chata ou medíocre. Naquele tempo, os fotógrafos produziam eles mesmos suas fotos, não tinham esse bando de produtores e assistentes de hoje. Casado com a atriz Elisabeth Harttman, gaúcha, doce e talentosa, moravam num apartamento confortável na Rua Manoel Dutra, no tempo em que o Bexiga era o Village paulistano, região de teatros, cantinas, laboratórios de cinema, estúdios fotográficos, e um mundo de artistas e diretores morando por ali em casinhas e apartamentos. Passei a dividir os sábados entre as casas do Fernando e do Apolo, aprendendo sobre cinema, teatro, fotografia, e principalmente gente, temperamentos, ambições e como se movimentar e manobrar nesse mundo.

Estavam chegando os anos 1960 em que tudo começava a mudar e a acontecer, Apolo de um lado, solicitadíssimo por agências como Standard, J. W. Thompson, McCann Erickson, e do outro, Otto Stupakoff, além de Paulinho Namorado, que trabalhava quase exclusivamente para a Rhodia e a Standard. Eram estrelas, ladeando o "sábio" pernambucano Chico Albuquerque, que ensinou fotografia para gerações. Apolo era conhecido por outra qualidade. Dançava Charleston como ninguém, parecia personagem da era do *jazz* de Scott Fitzgerald. A nossa foi uma amizade que se solidificou e ele mais me deu do que ganhou comigo. Achava divertido eu falar de histórias que estava escrevendo, do sonho de ser escritor.

Veio meu primeiro livro, *Depois do sol,* em 1965. Apolo leu e me deu uma alegria: "Quero fazer a capa". Fez. Buscou a bailarina Marilene Silva, então namorada do Solano Ribeiro, o produtor dos festivais de música da Record. Apolo precisava de um homem para ficar sentado no chão, a cabeça oculta, e intimou o autor do livro, "sente-se ali". Passamos a tarde e parte da noite de sábado no estúdio/apartamento da Manoel Dutra até ele se dar por satisfeito. Eu nem podia medir a minha sorte, porque outro frequentador habitual da casa era Freddy Kleeman, misto de ator e fotógrafo, inseparável do seu charuto e com gargalhadas estentóreas (demorou, consegui usar essa palavra). São clássicas as fotos que Freddy fez de todos que significavam no teatro brasileiro dos anos 1950 e 1960. Ele registrou a história do TBC e de parte da cinematográfica Vera Cruz. Freddy, outro gozador, dava palpites na capa, na realização, espicaçava Apolo.

Apolo Silveira fez igualmente todas as fotos para a promoção do livro. Mais, quando Maurice Capovilla, em 1968, dirigiu *Bebel, garota propaganda,* baseado em meu romance *Bebel que a cidade comeu*, Apolo não abdicou do direito de fazer uma ponta. No filme ele é o fotógrafo que clicou (para usar uma recente gíria fotográfica) toda a campanha que Bebel fez para o sabonete Love. Aparece ainda em uma cena de estúdio com aquela que era considerada a mulher mais bela do Brasil, Renata Souza Dantas, um fenômeno alucinante. Quando ela se casou com o arquiteto Eduardo Longo, tornaram-se o casal mais bonito do Brasil. Mais tarde, Renata, apesar de milionária e socialite (ainda que vivesse na contramão da casta social), envolveu-se com grupos de esquerda, foi para a clandestinidade, desapareceu. Onde estará? Estranhas histórias aconteciam.

A amizade entre Apolo e eu cresceu, se solidificou. Minha mãe, mulher simples, interiorana, retraída, adorava Apolo. Com ele se soltava e ria, dizia, "é uma pessoa boa, confie nesse amigo". Até morrer ela perguntava dele e de Elisabeth.

Fui escrevendo meus livrinhos, ele ia a todos os lançamentos, depois descasou, casou-se de novo com a Estela e um dia apareceu comunicando: "Vou em busca de qualidade de vida". Mudou-se para Joinville onde comprou sítio, montou uma casa incrível, no meio da natureza, "homem de bom gosto, sofisticado", segundo o jornalista Apolônio Ternes, do jornal *A Notícia*, que conviveu com ele no sul.

Um dia, 20 anos atrás, Apolo apareceu se repente numa escola de Joinvillle onde fui fazer um bate-papo com estudantes. "Pago para ver! Você não falava uma palavra, era fechado, esquisito, tinha medo das pessoas e agora deu para fazer palestra?" Depois, por artes ou malasartes da vida, ficamos sem nos ver, nos falar. Vez ou outra, como um cometa, ele surgia em São Paulo, e desaparecia, telefonava. Um dia fui convidado para ir a Joinville abrir uma feira de livros organizada pela Sueli Brandão, que tem meu sobrenome, mas não é parente. Apolônio Ternes, historiador da cidade, foi o patrono dessa feira. Dias antes de embarcar, pedi a Sueli que localizasse Apolo. Queria abrir minha fala no auditório com uma homenagem a ele, estava levando a nova edição do *Depois do sol,* 40 anos depois, com os bastidores do livro (uma inovação), onde falo dele, seu trabalho, reproduzo a capa original do livro e o postal/fac-símile colorido que a Global fez da capa original e que veio dentro da edição. Sueli me apanhou no aeroporto, atravessamos uma estradinha linda, verde, Joinville é agradável, limpa, gostosa de estar. No meio do caminho perguntei:

– E o Apolo? Localizou?

– Sim.

Calou-se, indaguei de novo:

– E... Ele vai estar lá à noite?

– Não!

– Por quê? Está viajando? Está doente?

– Apolo morreu há três anos.

(14 de abril de 2006)

# Não nos deixam ser alfabetizados

PASSO FUNDO – A cidade se agita, ferve alucinada, com a presença de 25 escritores, ensaístas, historiadores que vieram de todo o Brasil e de Angola, de Portugal, da França. A Jornada Nacional de Literatura de Passo Fundo é acontecimento único no Brasil e até hoje, passados 18 anos de sua primeira edição, me indago por que a mídia nacional ainda não descobriu esse fenômeno que assombra cada estrangeiro que ali aporta. A mídia dos grandes centros vive para o próprio umbigo, ocupa-se do eixo Rio-São Paulo, enquanto um Brasil desconhecido floresce por dentro. Provavelmente o motivo de a mídia contribuir para o baixo-astral em que flutuamos deva-se a essa incapacidade de registrar as coisas positivas que acontecem.

Por causa da literatura sou um homem feliz. Por causa dela conheci gente e viajei, corri o Brasil e parte do mundo nestas últimas décadas. Fiz a contagem a partir do lançamento de meu primeiro livro, *Depois do sol,* em outubro de 1965. Os primeiros exemplares que autografei foram para dois amigos. Ela, magérrima, ele, um gordo. Estavam na livraria Brasiliense, lado a lado: Cacilda Becker e Jô Soares. Pois nessas décadas e nessas viagens jamais vi algo igual a Passo Fundo. Quem acredita em uma plateia de milhares de pessoas ouvindo escritores durante três horas à tarde e três horas à noite? Gente que canta, faz mágica, dança? Não. Gente que fala sobre livros, processos de criação, sobre a situação do Brasil, cultura, diz poesias. Gente que, muitas vezes, faz a plateia se levantar, como aconteceu certa tarde com a fala de Rose Marie Muraro, comovente em sua sinceridade.

A cada dois anos, tirando forças do coração, um grupo liderado por Tania Rösing, com patrocínio da Universidade Federal, da prefeitura e do comércio local (este ano entrou também a Petrobras), faz a Jornada decolar. Quando ela se abre, é como se um Boeing estivesse no ar. Cada um de nós que chega àquela mesa para falar ou coordenar sente os nervos à flor da pele. Ali não existe piloto automático, é preciso estar no comando a cada minuto, enfrentando turbulências. Nunca me esqueço – e repito também, talvez repita até demais – de uma frase de Otto Lara Resende. Voltava de Bento Gonçalves e no aeroporto de Porto Alegre encontrei Antônio Callado, Otto, Millôr Fernandes e Fernando Sabino, felizes, sorridentes. Perguntei:

– De onde vocês estão vindo?

– De Passo Fundo.

– Onde é? E o que foram fazer lá?

Otto me fulminou:

– Escritor que nunca foi a Passo Fundo não é escritor consagrado.

Senti-me o mais miserável de todos.

Na Jornada seguinte fui chamado. Era a terceira, comandada por Josué Guimarães, herdeiro do lugar de Érico Veríssimo nas sagas sobre o Rio Grande do Sul. Desde então, nunca mais perdi uma. Chegamos à oitava. É desafiador enfrentar 3.500 pessoas, debaixo da lona de um circo. Neste ano, enfrentamos também uma frente fria que congelava, mas ninguém arredava o pé. São professores e estudantes abrigados em hotéis, pensões, casas de família, alojamentos das vizinhanças. Pagam para ouvir escritores. Chegam cedo para pegar lugar. Fazem perguntas, frequentam cursos, compram livros. Se bem que este ano as vendas foram mínimas. FHC, o acadêmico e escritor, está impedindo que professores (e quanto ganha um professor?) possam comprar livros.

Tivesse eu talento, gostaria que esta crônica fosse um poema. Para mostrar como o interior do Brasil pode dar lições aos ministérios da cultura que sempre afirmam: não há dinheiro para fazer nada. Então, como Passo Fundo conseguiu criar um prêmio literário de R$ 100 mil, um dos maiores das Américas? No fundo, não é o dinheiro que falta. É o desamor ao livro, à cultura, ao ensino, a um povo que, se lhe fossem dadas condições, leria. E muito. Não somos analfabetos porque desejamos, e sim porque não nos deixam ser alfabetizados.

(14 de setembro de 1997)

# A inutilidade de cérebros pensantes

PASSO FUNDO – A cada dois anos, a Jornada Nacional de Literatura de Passo Fundo agita o Sul. Professores e estudantes de todos os cantos e recantos, pampas e repampas, congestionam a cidade. Vem também gente de Vitória, Rio, Paraná, Manaus, Fortaleza, Campo Grande, Belém, Teresina etc. Porque é o mais fantástico encontro de literatura do mundo. Nenhum outro atrai 4 mil pessoas para dialogar com escritores. Matthew Shirts, cronista do jornal O *Estado de S. Paulo*, estava abismado, quando o encontrei num CTG (Centro de Tradições Gaúchas) durante um churrasco (claro!). Feliz, ele circulava, olhando as prendas que fizeram um show típico. Shirts só não gostou mais, porque quando elas rodavam, as saias levantavam, mas ele pouco via. Prenda não pode exibir calcinhas, a tradição impede. Nada de coxas! Espantado estava igualmente Antonio Skarmeta, autor de *O carteiro e o poeta*. Ele, homem viajado, do mundo, nunca enfrentara assistência igual. Depois, sorriu surpreso ao conhecer o sistema rodízio, carne e mais carne passando. Uma hora, quis saber o que estavam servindo (alcatra, filé, bife de chorizo, maminha, picanha?), mas o garçom envergonhou o CTG ao reconhecer que não sabia. Saiu pela tangente: "É gado".

Pela manhã, tínhamos vivido um episódio divertido, a caminho de Passo Fundo. Cerca de cem convidados, entre autores de ficção e poesia, ensaístas, críticos, sociólogos, filósofos, músicos, produtores, deixaram em três ônibus o Hotel Intercontinental em Porto Alegre, bem cedo. Seriam quatro horas até o destino. Passado o estupor das primeiras horas, vieram as conversas, os risos, as anedotas, as pessoas andando pelo corredor. Lá fora, uma neblina persistente. Súbito, pouco depois da Serra Gaúcha, uma pedra se instalou entre os dois pneus da traseira do ônibus. Eram esses pneus duplos e a pedra, grande, se ajeitou de tal modo que o motorista, por mais que tentasse tirá-la com martelo ou uma espécie de pé de cabra, nada conseguiu. Pararam todos os veículos, os motoristas e seus ajudantes dando tratos à bola. Levantar o ônibus, tirar um pneu? Não havia tal possibilidade. Em torno, reuniam-se alguns dos maiores cérebros pensantes do Brasil, imaginando mil fantasias. Passada uma hora e nada, a pedra estava irredutível. Foi quando veio um piá, como dizem no sul, na sua bicicleta. Curioso, parou e ficou a olhar. Perguntou o que havia. Contaram. E o menino, candidamente, indagou:

– Por que não esvaziam um pneu, a pedra solta, e no posto ali adiante vocês enchem de novo?

Assim foi feito, assim seguimos. Todos envergonhados. Para que serve tanta cabeça coroada por doutorados e mestrados e tudo o mais se não sabem tirar uma pedra do meio de um pneu? Tania Rösing, a organizadora das Jornadas, que tem o *background* da Universidade Federal, é uma daquelas idealistas enlouquecidas que atormentam Deus e o mundo, mas consegue colocar na cidade 20 escritores, outro tanto de ensaístas, diretores teatrais e professores conduzindo oficinas de criação, cursos, seminários e debates, durante cinco dias seguidos. Foi o segundo ano que tudo ocorreu num circo, agora cedido pelos Irmãos Power, que no fim apareceram e deram um show circense com palhaços e cachorros cantantes. Afinal, neste país, escritores não passam de equilibristas no arame da vida?

Quatro mil pessoas ouvindo em silêncio (a não ser quando alguém fala de modo acadêmico, arrastado, ou seja, pausado, sem emoção, sem erros), fazendo perguntas, rindo, participando com questões bem-humoradas é coisa que emociona. E não é normal. Escritores serem abordados como ídolos é inegavelmente um sonho. E como se vende livro, como se tira fotografia, como se assina caderno, papel, papelzinho. Sem pentelhações, todo mundo contente. Esta gente, há quatro meses e sabia quem ia, leu os livros, chegou ali conhecendo. Depois, a Jornada prossegue por meio de todas as escolas gaúchas e outras pelo país afora. A Jornada tem caráter multiplicador. Claro, do governo federal (Ministério da Cultura etc.) raramente aparece alguém.

O que mais comove em Passo Fundo é visitar o Centro de Referência. Miniteatro de arena para crianças ouvirem histórias, biblioteca, internet e, num canto, numa espécie de vestiário, 20 bolsas repletas de livros. Os professores passam, apanham as bolsas, levam para as escolas. O centro tem uma função: trabalhar para que a criança adquira o hábito de leitura. Passo Fundo é um Brasil anônimo, que faz um trabalho criativo, lindo, e, inacreditável, realiza tudo quase que à própria custa. É o Brasil que Brasília, essa fortaleza medieval murada, ignora.

Houve época, nos primeiros tempos, que Tania e o marido Acioly esvaziavam a garagem de sua casa, decoravam e montavam uma grande sala de jantar para umas trinta pessoas. Fartura. Era para ali que íamos comer arroz tropeiro, frangos, massas, carnes de primeira, pancetas, matambres, maioneses, saladas e sagu com creme, coisa tão gaúcha quanto italiana. Ela convidava e dava banquete, na mais pura tradição de hospitalidade. Claro que essa quase intimidade desapareceu à medida que a Jornada cresceu. Porém, as comidas, como se diz lá, num grande salão em um clube da cidade, são os momentos de inclusão, gente de todos os gêneros (isso mesmo) se misturando, se conhecendo, fofocando ou falando sério.

# O mar em Caxias do Sul, cidade sem mar

CAXIAS DO SUL – Desço do avião acolhido pelos sorrisos de duas organizadoras magras e elegantes. Sou levado ao hotel, o Mercure, onde não preciso preencher aquelas fichas que a gente nunca sabe para que servem. Em viagens deveríamos levar um carimbo. Não sei quantas vezes preenchi nome, endereço, RG, CPF, e-mail, celular, motivo da viagem etc. No tempo da ditadura havia sentido, eles queriam nos vigiar. Mas agora? Conto dois ou três dados meus e a recepcionista digita e o computador libera a ficha, assino.

Cheguei para a 22ª Feira do Livro de Caxias do Sul, que tem um patrono especial, o escritor Flávio Loureiro Chaves, dos maiores especialistas do país em Érico Veríssimo. Flávio – que lançou na Feira seu novo livro de ensaios, *Ponta de estoque* –, é amigo de muitas décadas, estamos ligados desde o começo da década de 1960, quando frequentávamos o Teatro Oficina recém-fundado pelo Zé Celso. Agora, assim que me aclimatei, vi como as organizadoras, Luísa, a líder, Heloísa, Elaine, Claudette, Nina, Clarina, Salete e o *supporting cast* formado por Volnei, Roger, Geraldo e Fernando riam de mim quando eu dizia: "Como é lindo o mar em Caxias!" Riu de mim o Flávio Loureiro dizendo: "Continuas um gozador. Mar em Caxias? A cidade está na Serra Gaúcha! Sua ficção vai longe demais!" Não, rebatia eu, não sejam como o Lula que nada vê, nada ouve, nada admite, a ficção nunca vai longe, perde para a realidade. Eu, como todo escritor, vejo até demais, e coloco o mar onde quero.

A Feira de Livros de Caxias do Sul se acomodou na Praça Dante Alighieri, coalhada de canteiros floridos e pincelada por grandes letras coloridas, de modo a formar alamedas, o que me remeteu também ao Corredor Literário da Avenida Paulista, em

São Paulo, dominado por letras gigantes. Tudo isso significa que há movimentos pelo livro neste Brasil. Movimentos que, a médio prazo, vão dando resultados. Movimentos que me levam a acreditar que não existe apatia. Tem gente fazendo trabalho braçal. Várias delas estão em Caxias do Sul. Entre a abertura, na sexta--feira à noite, com uma comovente fala de Flávio Loureiro Chaves, e o domingo foram vendidos 9.782 livros. Pensem, é uma cidade do interior. Sim, só que o Rio Grande do Sul é diferente quando se trata de livros. Diariamente nesta Feira acontecem debates, oficinas, autógrafos, contadores de histórias, teatro para crianças, performances e apresentações musicais.

No sábado pela manhã passei uma hora ouvindo a Orquestra Municipal regida por Fernando Berti que, nada mais, nada menos, é maestro e livreiro, ele deixa a batuta na estante e vai para o seu *stand* da livraria O Colecionador. Por isso me irritam pessoas que dizem: não tenho tempo. Quem quer acha tempo. A orquestra tem músicos de primeira categoria, muitos vindos de classes mais humildes, oriundos da periferia, num trabalho de garimpagem e apoio que emociona. A música resgata.

As atitudes em relação ao livro não param na Feira. Durante o ano inteiro funciona o Programa Permanente de Estímulo à Leitura, o PPEL, que abriga o Passaporte para a Leitura, com centenas de livros comprados pela prefeitura e doados às escolas que assumem a obrigação de trabalhar os textos, isto é ler, comentar, discutir, e depois conversar com o autor. Já as ações do Livro Meu incluem a criação de Bibliotecas Comunitárias, o projeto Adote uma Biblioteca, a circulação de Livros através de Trocas, as campanhas para Doação de Livros, as parcerias com o comércio para instituir o livro como brinde, a criação de Clubes do Livro, a formação de voluntários como Mediadores de Leitura, o Proler, o Encontro Internacional de Escritores e Contadores de Histórias, as Malas de Leitura e o Tapete Mágico.

O que imagino? Um projeto desses em escala nacional. Essas ações me lembraram ainda os Agentes da Leitura do Ceará, aqueles jovens que de bicicleta levam livros e histórias às populações carentes. O que me comove é essa ação subterrânea, feita por pessoas que amam literatura e não querem votos, nem prêmios, nem dinheiro, nem exposição na mídia.

*O mar, o mar*, diria Iris Murdoch (conhecem esse romance dela?). O mar a gente cria, quando a gente deseja, porque a realidade se transfigura. Acontece que a Feira de Caxias do Sul se espalha embaixo de toldos com uma estrutura semelhante ao teto da antiga fábrica Olivetti, na Via Dutra, tombada pelo Patrimônio Histórico. Em Caxias, os toldos brancos da Feira, de formatos abaulados, vistos do alto, assemelham-se a ondas espumantes (flutuantes, diria Castro Alves) que fluem e refluem, ora na direção da igreja de Santa Teresa (nessa igreja, dei com um teleprompter gigante orientando leituras e canções sacras, tecnologia de ponta na missa), ora na direção do Cine Central, ora para os lados da Casa de Cultura. Debaixo de garoa fina ou sob o *fog* (sofisticação, tem um *fog* londrino na cidade) me batia a sensação de mar revolto, me dominava o clima de *A estalagem maldita*, de Daphne du Maurie, ou de *O mar, o mar*, de Murdoch. Por isso brinquei com Flávio Loureiro e as organizadoras: é o mar de Caxias. Porque o que conta é a imaginação.

A invenção é fundamental e a fantasia transforma ou transtorna. Pois não é que depois da crônica da semana passada sobre listas telefônicas recebi um e-mail vindo de Araraquara, do Luis Henrique Brandão? Disse ele: "Uma colega está me contando o apuro que passa um amigo dela, marceneiro com muitos clientes na cidade e que, como a maioria, usa o celular pra trabalhar. Durante a semana, num capítulo de uma novela da Globo (não sei qual) um personagem resolveu vender um anel, e anotou o telefone num papel. O absurdo é que o celular era o mesmo número dele, o marceneiro, e durante toda a semana gente do Brasil inteiro ligou querendo comprar o tal anel. Uma emissora como a

Globo nem se deu ao trabalho de verificar se tal telefone existia realmente".

O problema é que o marceneiro não pode mais usar o celular, nem os clientes conseguem falar com ele, já que o país ficou louco querendo comprar o tal anel. Fazer o que, agora? Não é de espantar o grau de influência das novelas, do poder da criação, fazendo com que as pessoas acreditem que o que se passa na telinha é a realidade. As pessoas saem da tela/telinha e ganham carne e osso. A ficção perde contornos, torna-se o cotidiano, os personagens são gente que está na esquina. Gênio foi Woody Allen quando realizou *A rosa púrpura do Cairo*.

E o marceneiro – se aqui fosse Estados Unidos – poderia fazer um processo por lucros cessantes, mas não vai ganhar. Também, se aqui fosse os EUA, o marceneiro, se fosse esperto e tivesse capital e um amigo joalheiro capaz de produzir anéis semelhantes ao da novela, poderia passar a empreendedor, vendendo joias e lucrando. Chega, é a ficção em curso.

(13 de outubro de 2006)

# Literatura vai de menos 1 a 40 graus

DO SUL AO NORTE – Bem interessante. Enquanto a Flip foi dominada pelo escritor português valter hugo mãe (tudo em minúsculas), conquistando homens e mulheres, a Jornada Nacional de Literatura de Passo Fundo, que continua sendo o maior evento do Brasil e da América Latina, girou em torno do talento e do carisma de outro português, Gonçalo Tavares. Tranquilo, simples, ele foi "comendo" todo mundo pelas beiradas, como se diz por aqui. Na mesa sobre identidade, literatura e cultura na globalização foi o único a fazer um depoimento atual, consciente, lúcido, ao contrário do celebrado (e decepcionante) Luiz da Costa Lima, que se julga em altíssima conta e desprezou a Jornada e os participantes, dormindo no palco, diante de seis mil pessoas, e dando um depoimento pífio. Ao acordar, assustado, atrapalhou-se com suas anotações, disse que tinha esquecido no hotel. Não tinha nada a dizer. O tédio dominou, as pessoas saíam. Ensaísta à antiga que fala em linguagem hermética, vazia.

Plateia monumental, professoras e estudantes, 18 mil crianças na Jornadinha, ouvindo e conversando com autores infantis. Ninguém bate Passo Fundo. Mauricio de Souza dominou a cena, crianças de todo o Brasil o conhecem, adoram.

Neste momento há pelo Brasil dezenas de feiras (acaba uma, começa outra) e bienais e encontros. Saí de São Joaquim da Barra, interior de São Paulo, onde a prefeita Maria Helena Borges Vannuchi, obstinada e interessada em cultura, insiste em manter uma feira de livros com gente de primeira linha e parti para Passo Fundo (menos 1 grau na abertura da festa e vento minuano varrendo), norte do Rio Grande do Sul. Segui para o Piauí, para o terceiro Salipa, Salão do Livro de Parnaíba (40 graus à sombra), na boca do maravilhoso delta que separa aquele estado do Maranhão. Hoje estou na II Filmar, Festa Literária de Marechal Deodoro, ao lado de Maceió. O sol come. Livros e literatura por toda a parte. Segunda-feira desço ao interior do Paraná para falar nos Sescs de Cascavel, Pato Branco, Fernando Beltrão e Foz do Iguaçu.

Em São Joaquim da Barra, a pamonha deliciosa e delicada, vendida num duas portas em frente a Feira, me provoca água na boca. Duas equivalem a um jantar. No Piauí, doce estado, há o arroz Maria Isabel, o Capote, o queijo de coalho, a caranguejada. Em Passo Fundo, há a gastronomia dos Biazi, Alcir e Lisete, secundados pelo Serafim Lutz, com saladas inventivas, pernis, massas, filés e picanhas, costelas, matambres, num estilo sulino afetuoso. Alimentar com qualidade mil pessoas é tarefa de competentes. Sentar-se à mesa servida pelo garçom Otávio é privilégio. Com seus cabelos brancos e sabendo tudo, faz você parecer o mais Vip dos clientes, seja Vip ou não. E o que é Vip, afinal? As refeições no Clube Comercial eram o final de noite, com conversas, papos cabeça, fofocas, informações, vinhos, todos juntos. Esse é o diferencial da Jornada, aglutina pessoas, momentos em que todos se juntam. Os irmãos Caruso, Chico e Paulo, cartunistas e músicos, estão na mesa com Gonçalo Tavares e Affonso Romano. Edney Silvestre, um dos mais procurados pelos leitores, juntava-se a Tatiana Salem Levy e a professora Maria Esther Maciel. Marcia Tiburi, filósofa, conversava com Peter Hunt, enquanto Eliane Brum juntava-se a Rinaldo Gama, que foi o único que se preparou convenientemente com uma bela fala para a mesa da comunicação do impresso ao digital. O comer é o momento em que todos se juntam, em lugar de se dispersarem em busca de restaurantes espalhados pela noite afora.

A mesa final de Passo Fundo, formação do leitor contemporâneo, provocou incêndio. Alberto Manguel irritou-se com a inglesa Kate Wilson, amável mulher, que levou um projeto de livros em computador, em tablets, ainda em fase de implantação e discussão. Manguel se acha o dono da verdade do livro em forma de livro. Tablets, e-books, iPads são dignos da sua excomunhão. Arrogante, destratou aos gritos o americano Nick Montford: "Não tenho e-mail, não uso computador". Para ele significam a deformação do leitor, não uma das formas para se conseguir sua formação. Crente de que é uma grande pessoa, guardião do livro em papel, Manguel partiu com patadas para cima da inglesa que, todavia, sabe espanhol, e respondeu à altura. Manguel, que vem escrevendo e reescrevendo os mesmos livros, tem que encontrar, urgente, as portas do século XXI, desembarcar neste milênio, e ser mais gentil, admitir que a informática veio para ficar. Uma anedota circulou pela Jornada. Sabe-se que Manguel foi leitor de Borges. Este, cego, precisava de pessoas que lessem para ele os livros, ou todos os textos. A piada aqui no Sul foi que, segundo as más línguas, ao fim de cada leitura, Borges se apressava: "Leu, pode ir embora, não me dê nenhuma opinião". Ao menos a argentina Beatriz Sarlo, figura exponencial, estava na mesa e deu o tom de grandeza, ao lado de Affonso Romano de Sant'Anna.

O que importa é que literatura, misturada a música, informática e teatro estão sendo discutidos em todo o país. Nunca, como hoje, se viram tantas feiras e eventos em torno do livro, leitura, formação de leitores. Discussões, debates e buscas de caminhos. A Jornada de Passo Fundo chegou aos 30 anos, milhares de professores passaram por ela, milhares de crianças. A Jornada é a única que não se esgota assim que termina. Aí é que ela começa, com a multiplicação de ideias, conversas, aprendizados, vindos das oficinas, seminários, cursos, aulas paralelas, infinitas, atualizadoras. Recomeça quando acaba. Para culminar, premiou-se João Almino, grande autor com o seu *Cidade livre*. O Bourbon Zaffari é o maior prêmio literário privado da América Latina. Diplomata de carreira, autor por paixão, Almino levou um susto com o tamanho da Jornada e voltou à Espanha apaixonado.

(9 de setembro de 2011)

# As cubanas queriam mesmo aspirina?

MONTEVIDÉU – Dá vergonha ser brasileiro e passear pelas ruas de Montevidéu, que já foi a Atenas do Rio da Prata. A cada cem metros uma livraria. No Brasil, a cada cem metros, há uma farmácia ou uma lotérica. Na capital uruguaia, livros e mais livros, sendo 90% em espanhol. Se percorremos nosso país, encontramos 600 livrarias, número que permanece há 20 anos. Montevidéu tem 200, algumas belíssimas, como a Monteverde, antiga Hachette, comprada por uruguaios. Com pé direito de dez metros, estantes de madeira escura, um salão-biblioteca-mini-museu usado para palestras, workshops e encontros, a Monteverde, na Calle 25 de Mayo, cidade velha, próxima ao porto, tem atmosfera de livraria, cheira a livraria, é informatizada e possui estoque admirável. Um paraíso, onde se podem encontrar pequenas preciosidades, como os contos completos de Horacio Quiroga, por exemplo. Quiroga teve uma vida trágica, rodeado por mortes e suicídios. A certa altura, também se matou e sua morte influenciou o suicídio da poeta Alfonsina Storni, tema da canção "Alfonsina y el mar". Os contos de Quiroga são pequenas obras-primas.[1]

A Monteverde é a primeira livraria da América Latina a trabalhar em conjunto com a Câmara Brasileira do Livro num belo e animador projeto (finalmente), um passo em direção ao futuro. Ali se abriu, na entrada, em excelente localização, o primeiro *rincón* do livro brasileiro, no continente.[2] Espaço onde estarão expostos,

---

[1] Ver, a propósito, meu livro *A solidão no fundo da agulha*, no segmento sobre Irina/Alfonsina.

[2] A iniciativa teve apenas aquele primeiro momento. Depois, abandonada, morreu. Ninguém do Brasil preocupou-se em dar continuidade, como é normal. Luiz Alves, meu editor na Global deu todo apoio, lutou, foi junto, comemorou, mas era um pouco cético quanto aos resultados. Ao menos, comemos boas carnes, bebemos boa cerveja juntos.

e serão comercializados, de 300 a 500 livros em português, com edições atuais, renovadas. A próxima etapa será em Santiago do Chile. A iniciativa privada começa a se movimentar uma vez que o governo brasileiro nada faz. Os apoios facilitariam, mas inexiste política cultural. Pois a embaixada brasileira em Montevidéu, além da gentileza de conduzir os escritores do aeroporto ao hotel e vice-versa, veladamente aconselhou a se apoiar, mas não muito.

Pensar que existe ali o Instituto Cultural Brasil-Uruguai, dirigido por um linguista, Carlos Freire, com 700 alunos aprendendo o português. Mais que o dobro de qualquer outro instituto estrangeiro naquela capital. A Aliança Francesa está quase fechando e o Goethe, se não atingir 350 inscritos, também fecha. Há interesse pela nossa língua e cultura e isso precisa ser trabalhado.

Cultura? Bah! todo esse potencial é ignorado pelo governo. Quando se fala em Mercosul, pensa-se em economia, os diplomatas brasileiros são peritos comerciais, passam a distância da cultura. Nosso embaixador, Roberto Guimarães – que está de saída para a Austrália – ignorou o assunto. Que se dê bem com os cangurus. Livros? O que é isso? Jantares e coquetéis é que sabem promover, ainda que o coquetel que organizaram na livraria tenha sido para poucos gatos pingados, todos funcionários da embaixada.

O Instituto Cultural, que também inaugurou, com enorme dificuldade, uma livraria – bem bonita, por sinal – numa das salas do Palácio Brasil, deixou de receber subsídios (os usineiros do Nordeste continuam recebendo) e tem de andar com as próprias pernas. Paga seis mil dólares de aluguel pelas salas de um edifício que já pertenceu ao Brasil. Belo prédio de 1921 que o caudilho Batista Luzardo, sabe-se lá por que, doou ao governo uruguaio.

José J. Veiga, do alto de seus 82 anos, decidido, bem-humorado, cheio de casos, varando a noite se preciso, e eu, fomos inaugurar esse primeiro *rincón* na Monteverde. Fizemos duas conversações no dia 20, quarta-feira, para alguns professores e alunos. Escritores brasileiros vão percorrer a América Latina, abrindo *rincones*, com a Câmara. Essas livrarias serão ponto de encontro não apenas do público com os livros, mas com escritores hispano-americanos, com a ficção e o ensaio. Ponta do que poderá ser um *iceberg*, se bem trabalhado.

Na minha leitura, tive uma surpresa. Entrou um homem magro, sentou-se ao fundo, me acenando. Conheço. Mas quem é, fiquei pensando. De repente, reconheci, era Hugo Achugar, poeta uruguaio que foi meu companheiro de júri, em Havana, para a Casa de Las Américas. Em 1978. Nunca mais tinha visto, ele desapareceu de cena. Ressurgiu ali, fomos tomar cerveja Norteña e comer uma boa carne. Relembrando as estupendas livrarias de Havana, as dezenas de livros que trouxemos nas malas e aquela tarde em que, ele a ler poemas, eu contos, bateram à porta. Abrimos, havia duas lindas cubanas de olhos verdes:

– Desculpem, vocês têm aspirinas?

Hugo tinha, foi procurar, e elas foram entrando, fechando a porta. Quando Hugo entregou o comprimido, elas sorriram:

– Não queremos comprimido coisa nenhuma, mas talvez vocês queiram companhia.

Hugo, num espanhol claro, explicou que teríamos uma reunião em seguida de todos os juris literários na Casa de Las Américas, mas a hipótese da companhia não ficava descartada.

– Estamos no apartamento em frente. E só recebemos em dólar.

Nunca mais vimos as duas pelo hotel. Esse episódio foi esquecido por mim ao escrever, em 1978, o meu *Cuba de Fidel: viagem à ilha proibida*. Soube que os cubanos não gostaram de meu livro. Teriam odiado ainda mais. Certa vez, vimos prostitutas próximas ao porto. Quando relatamos aos "compañeros", não tiveram dúvida:

– Pode ser, mas são umas contrarrevolucionárias!

Quanto a Montevidéu, declarada este ano Capital Ibero-Americana da Cultura, além de nos impor a humilhação das livrarias, é uma cidade com 1 milhão e 200 mil habitantes, com muito verde, ruas limpas, com arquitetura que lembra o Rio de Janeiro dos anos 1930. A atualidade é dada pelos pichadores de paredes e monumentos e pelos vândalos dos orelhões. Carros brasileiros na rua, mas muito Plymouth, Chevrolet, Impala, Mustang, Chrysler, Ford dos anos 1950. Os táxis, amarelos e pretos, são Voyages, sendo que entre o motorista e o banco de trás há uma bandeira de vidro e ferro que ocupa enorme espaço. Gente de perna grande precisa amputar um pedaço, antes de entrar. Um dólar vale 7,44 pesos. E um real, que aqui vale mais do que um dólar, lá vale menos, apenas 7 pesos. Come-se bem e barato, a carne é boa, os vinhos nacionais, de qualidade. Os bancos são poderosos, há mais depósitos no Uruguai que em todo o Brasil. O sigilo bancário é rigoroso e há muitas contas de brasileiros. Muitas mesmo! Para finalizar, outro vexame, independentemente da proporção dos dois países: o índice de alfabetização é de 97%. É isso, existem apenas 3% de analfabetos.

(24 de março de 1996)

# O exótico platinado de María Kodama

BUENOS AIRES – Em um domingo saímos, Márcia e eu, a passear por uma Buenos Aires vazia. Bairro da Recoleta. Inveja. Eu estaria na América Latina ou em Paris? Os edifícios de cinco ou seis andares, cinzas, entradas suntuosas, calçadas largas e limpas, arborizadas, ausência de grafites, o asfalto liso sem uma única marca, cicatriz de buracos. Céu azul, ar puro, atravessamos um gramado verde, impecável, entramos no cemitério. O portão monumental dá em um saguão vazio. À direita, uma capela, à esquerda, um púlpito. Silêncio mortal (!!!). Súbito ouvimos um grito de gol e detrás do púlpito se ergueu a figura do vigilante, gritando, atordoando os mortos. O Boca Juniors, que jogava no Japão, buscando o título de campeão do mundo, tinha marcado. Atrás do púlpito, escondida, havia uma pequena televisão. Logo, de fora, vieram os gritos da torcida recolhida em cafés, bares, restaurantes.

Consultado o mapa, seguimos em busca de Evita. Sei do caráter necrófilo de tais visitas, mas não há como não ir, depois do livro de Tomás Eloy Martínez e do filme de Alan Parker, *Evita*, com Madonna, baseado no musical de Tim Rice e Andrew Lloyd Weber. Curiosidades superficiais. Atravessamos o cemitério vazio e chegamos ao túmulo de granito negro, repleto de placas. Três flores murchas pendiam dos ornamentos de ferro da porta. Dentro, na penumbra, podem se ver dois caixões de madeira, um menor e um maior. O menor, em cima, deve ser o de Evita. O outro não se sabe, há uma infinidade de placas. Uma fotografia muito difundida me veio à cabeça: a multidão, à noite, velas na mão, fazendo vigília pelo ídolo morto. "Um rio de fogo", descreveram os jornais. Agora, 50 anos depois, ali está na mais absoluta solidão – ou ali não está mais, apesar de ter sido embalsamada pelo Dr. Pedro Ara, em uma operação que rendeu pano para manga e um romance que todos lemos de um fôlego só, *Santa Evita*, de Martinez. Na companhia de Evita apenas centenas de gatos que percorrem os labirintos do cemitério, a lembrar os labirintos de Borges, motivo de nossa estada na cidade.

Demorei para me animar a vir, apesar da insistência, há anos, de amigos. Lugar para se ir já que o turismo dentro do país anda pelos olhos da cara. Claro que Buenos Aires me encanta pelas livrarias. Dois passos, tem uma. Quarenta metros, outra. Uma nesta quadra, outra na seguinte. Virou a esquina, pronto, damos com livros. Edições recentes de autores argentinos em pilhas enormes, da altura de uma pessoa. Um endereço necessário, a livraria El Ateneo, na Avenida Santa Fé, antigo teatro monumental, com frisas, camarotes e balcões. Abriga também uma galeria de arte. Camarotes se tornaram salas de leitura. O palco é um café. Os livros são baratos, porque as edições são grandes. As livrarias estão lotadas. Há anos, todos me diziam isso, eu exclamava: exagero. A cidade sozinha tem tantas livrarias quanto o Brasil inteiro.

Numa sexta-feira, levados por Jorginho Schwartz que fez parte da Grande Caravana Operação Jorge Luis Borges, organizada por Maria Bononi, fomos a Palermo, ao Club Del Vino. O lugar tinha sido citado por Zuza Homem de Melo em um curso de História do Jazz. Ali, aos sábados, se apresenta um músico excepcional que faz parte da história e é necessário ouvir: Horacio Salgán. Decepção, Salgán, doente, não tem se apresentado. Naquela sexta, era noite de tango, com a orquestra El Arranque, conjunto de sete músicos aplaudido com bravos pela plateia, na qual havia somente três turistas, nós. O resto era gente aficionada. Custo total da operação: 35 pesos por pessoa, incluindo ingresso, cinco taças de vinho (experimentem os tintos Família Bianchi) e duas tábuas, uma de queijos e outra de frios que equivaleram a um jantar. Buenos Aires é cidade acessível, quase tudo de graça. O que costuma ser cíclico. Agora é a boa temporada para nós, para fugirmos do espanto de preços incríveis que se cobram em

São Paulo por qualquer coisa. Aqui você anda meia hora de táxi e paga quatro pesos, equivalente a quatro reais. Aí, anda-se meia hora e paga-se 50.

Ao contrário daí, aqui quase não há decoração natalina. Quando há, é sóbria. Pode ser indício de recessão. De qualquer modo, não é uma cidade que apresente sinais de que o povo acabou de passar por uma crise enorme. Querem saber? Não me deparei com a famigerada arrogância argentina. Motoristas simpáticos, jamais um deles tentou alongar caminho, falantes, sorridentes. Garçons amáveis, atendentes gentis nas lojas. Qualquer um na rua dando informação com um sorriso. Pode ser que a dura luta pela vida tenha ensinado e amansado. Não sei, vai ver amanhã muda. Ah! O *Clarín* elogiou muito a nossa seleção sub-20, coisa rara na mídia deles.

No último domingo, almoçamos no Alvear Hotel, o Copacabana deles, ao lado de María Kodama, viúva de Borges. Mulher magra, pequena, elegante, com o cabelo mais *fashion* que se possa imaginar. Platinum por fora, negro pro dentro. "Como ela consegue?" – perguntavam as mulheres. Suave, falante, comeu pouquíssimo, enquanto nós brasileiros atacávamos os pratos de bacon e linguiças campeiras. Ambos temos a mesma ojeriza, somos contra a ditadura dos regimes. De um lado, Sérgio Viotti que vai fazer o papel de Borges. A semelhança impressionou Kodama. Ao redor da mesa, a caravana: Maria Bonomi, anfitriã, acertando todos os detalhes, promoter de primeira, Sérgio Ferrara, que vai dirigir, Jorge Schwartz, especialista em Borges e consultor, Maria do Carmo Dias Batista, Maria Del Pilar, Dorival Carper, Povarché, marchand e diretor do Museu Xul Solar, sua mulher Helena e filha Mariana, Márcia e eu.

O assunto foi o projeto de uma peça que tem Borges como protagonista. Uma evocação. Colocar no palco seus referenciais e seus símbolos. Um desafio. Kodama ouviu, ouviu, concordou com a empreitada, sonho de um grupo. Agora é colocar de pé um texto dos mais difíceis, porque Borges tem donos, patronos, confrarias, associações, centros culturais, clubes, organizações, defensores e detratores.[1] Qual é a graça de quem não tem tudo isso? A graça está no enfrentamento.

O comentário geral no hotel era a prisão de Saddam no fundo de um buraco. Eu pensava apenas que toda a maldade, as traições aos amigos, as mentiras devoradoras de caráter, os súbitos ódios inexplicáveis de nossos irmãos, os assédios às mulheres indefesas terminam em um buraco, abandonado e medroso. No fundo do buraco podem terminar o ditador sanguinário ou o professor, aquele professor de Letras aposentado compulsoriamente. Ratos solitários!

(19 de dezembro de 2003)

---

[1] Escrevi a peça, publiquei em 2005. Chama-se *A última viagem de Borges* e gira em torno de uma palavra, a mais perfeita que existe, criada por Borges. Uma única palavra que significa tudo. No entanto, ele a esquece. Desesperado, porque sua memória é o que ele tinha de mais precioso, organiza uma expedição e sai em busca da palavra perdida que deve estar na biblioteca de Babel. Maria Kodama não gostou do texto e nem autorizou representá-lo. Mas a lei nos amparava e produzida pelo Sesc foi ao Festival de Teatro de Curitiba, viajou a Porto Alegre, Araraquara e ficou dois meses em cartaz em São Paulo. Dirigida por Sérgio Ferrara, cenários e figurinos de Maria Bonomi.

Atravessemos o Atlântico

# Você me empresta o telemóvel?

LISBOA – Pedi o número do celular, minha amiga não entendeu. Súbito exclamou: "Ah, o telemóvel?" Estranho, mas justo, já que o celular não passa de um telefone móvel. Na Alemanha é chamado de *handy*, na mão. Somente no Brasil essa designação: celular. Sei, envolve a palavra células, mas prefiro pensar que é porque ao falarmos nele nos encerramos em uma célula, nos desligando do mundo. Em uma semana, fui uma bola de tênis, bati e rebati. Mal chegado da Alemanha tive de voltar para a Europa, a fim de dar os acertos finais em um número da *Vogue* que tem Portugal como tema principal. Fazia 15 anos que não ia a Portugal. A última vez foi com um grupo de escritores brasileiros. O último que lá aportou, numa tentativa do poeta e agitador cultural Alçada Batista de iniciar um intercâmbio que nunca se efetivou – e tantos portugueses como brasileiros indagam: acontecerá um dia? Do grupo, quatro não estão mais aqui. José Paulo Paes, que explicava Portugal de modo poético, Ricardo Ramos, com sua gargalhada e humor incomparável, Osvaldo França Junior, irresistível conquistador, e Julieta de Godoy Ladeira, doce vítima das pilhérias que fazíamos, invertendo as piadas. Onde eram portugueses, colocávamos brasileiros.

Percorri livrarias excelentes. As estantes de autores brasileiros ocupam metro e meio, e olhe lá. E no Brasil que espaço ocupam, a não ser José Saramago?[1]

Lisboa é limpa, sem poluição visual, com ruas lisas e sem buracos (primeira coisa que observa um paulistano, este pobre órfão de prefeitos) e linda. A cidade tem um astral magnífico, bati-

---

[1] Nos últimos anos, os brasileiros descobriram valter hugo mãe e com ele se encantaram. valter fala bem, escreve melhor, é um sujeito calmo, nada midiático, e por isso mesmo recebe todos os favores da mídia. Adorado pelas mulheres, desde a Flip em que anunciou: "Gostaria de ser pai".

da de sol, com o Tejo se refletindo sobre ela. A parte histórica foi conservada e o inferno é o mesmo de todas as cidades modernas, o trânsito. Ainda mais quando ruelas se multiplicam, com nomes encantadores como a Travessa das Fábricas de Seda, e os carros se dispõem em fila única. Todos se ajeitam sem buzinaços. Por sorte, não decidiram acabar de vez com as calçadas (passeios para eles), dando prioridade às máquinas. Temos de aprender a conservar nossa história e arquitetura. Nos bairros é uma vida quase brasileira. Nas pequenas padarias (diferentes daqui, vendem apenas pão, biscoitos, pastéis de nata às 5 e meia da tarde), as mulheres se reúnem para apanhar o pão fresco e se põem a conversar. Vida de cidade pequena em cidade grande. Não é nossa utopia? Em Lisboa me pareceu razoavelmente realizada.

Algumas coisas ainda não se compreendem. Também parecem obscuras aos lisboetas esclarecidos. Portugal tem no turismo uma bela fonte de renda. Afinal é um país bonito, agradável, onde se come e se bebe belissimamente. O que se pergunta lá é: por que não transformar a Praça do Comércio, imensa praça de frente para o Tejo, em algo como a Praça de São Marcos, de Veneza, com cafés e restaurantes e cadeiras para se sentar? Colocando-se ali museus importantes e galerias? Não fica nada a dever a Veneza como localização e beleza. Os políticos que lá estão instalados com suas secretarias e autarquias que sejam removidos para bem longe, sem aquela vista que convida ao não trabalho.

A parte moderna se espalha pelos lados da Expo 98, construída sobre o terreno que foi um lixão abandonado. Tudo se recupera quando a vontade é fera. Os prédios da exposição estão sendo reutilizados como espaços para feiras (como o Anhembi, em São Paulo), enquanto conjuntos residenciais se ergueram, coloridos, mas pobres como design, feios mesmo, caixas amontoadas, irmãos dos nossos Cingapuras, esses tristes frutos de Maluf e Pitta, época de horror da política que gostaríamos terminasse de vez. A estação erguida na Expo encanta. Será uma central de transportes, metrô, subúrbios, trens de passageiros de toda a Europa. Lembra uma catedral gótica em aço e vidro, imponente e suave. E o Pavilhão de Portugal, com sua pala curva, assombra e assusta. Vai cair?

Se houve época em que brasileiros foram maltratados, talvez esse tempo esteja terminado. Só encontrei pessoas gentis e o serviço é bom, em toda a parte. Continuo a achar que pior do que brasileiros em viagem são os americanos. Não fazem o mínimo esforço para serem compreendidos na língua local. Todos autocentrados. Curiosamente, alguns dos melhores livros de viagens têm sido escritos por estrangeiros. Cito Peter Mayle sobre a Provence. Ou Patricia Welles sobre a cozinha francesa. Hemingway sobre Paris. Sem esquecer o clássico *O livro de San Michele*, em que um sueco fala da Itália. Ou as viagens de Goethe e Standhal pela Itália. É verdade também que nenhum desses turistas arrogantes são Goethe ou Axel Munthe ou Stendhal.

(2 de abril de 2012)

# Tivemos de contar o final da novela

LISBOA – A TAP nos depositou nesta cidade, num sábado de manhã, com suavidade e um acolhimento encantador. Aos domingos, os lisboetas vão ao shopping. Cá, como aí, os grandes centros comerciais, frios e impessoais, atraem. O shopping é aquilo que se denomina um não lugar, assim como os aeroportos, hospitais e hotéis. O Colombo é o novo *point* de Lisboa, tendo destronado o Amoreiras, que está para a cidade assim como o Iguatemi está para os paulistanos. Foi o primeiro, o que despertou para a cultura shopping. Quando entramos no Colombo, Márcia e eu nos entreolhamos, tivemos uma sensação de *déjà vu*. Aqui tínhamos estado? Quando? Então, percebemos que o Pátio, de São Paulo, em Higienópolis, e o Colombo são iguais, parecem ter sido projetados pelo mesmo arquiteto. Só que o Colombo pode abrigar cinco ou seis Pátios dentro. Surpresas inesperadas da arquitetura. Ao sair, assim que demos o endereço e o taxista nos percebeu brasileiros perguntou:

– Vocês também estão assistindo *O clone*?

– Já assistimos. Lá acabou.

– Pois então, vão ter de me contar tudo. Preciso dizer à minha mulher. Na hora da novela, o ecrã é dela, não posso ver mais nada.

Para quem não sabe, ecrã é a telinha da televisão. O homem tanto insistiu – o trajeto entre o Colombo e o Restelo, onde estávamos, é longo – que tivemos de revelar o romance entre Jade e Lucas, o desaparecimento de Albieri e o clone, as soluções encontradas para os jovens drogados e tudo mais. Ao descermos, deixamos um homem satisfeito. Em algum bairro de Lisboa, um taxista reuniria a mulher e os vizinhos e contaria a novela. Perdoe-nos Glória Perez!

Passamos uma semana como hóspedes de nossos embaixadores, José Gregori e Maria Helena, na vila da Avenida das Descobertas, número 1. Fui a trabalho. Estou escrevendo um livro sobre a nossa embaixada em Portugal, e embaixada inclui Chancelaria e residência, dois prédios históricos. Gregori e Maria Helena, amigos daqui, foram gentis, não permitiram que ficássemos em hotel. Se precisava escrever sobre a casa, que morasse nela por um tempo, disseram. Pesquisa de campo, como definem os sociólogos. A pesquisa geral está sendo feita por uma historiadora, Aline Hall, não só competente, como linda nos seus 27 anos. Ela contou que teve de disfarçar a exuberância e a juventude para ser "respeitada" pelos alunos, acostumados a ter pela frente matronas.

Lembrei-me de quando fiz um perfil de Ruth Cardoso para a *Vogue* e ela relatou situação igual. Assim que formada, para dar aulas e poder "dominar" a classe, dona Ruth, uma jovem lindinha, foi obrigada a se "fazer de senhora". Fazer um coque no cabelo, vestir roupas sóbrias, cinzas. Lá como cá.

O Restelo é um bairro à beira do Tejo, ocupado pelos mouros no século XVI, depois pertenceu aos pescadores. Tornou-se hoje o lugar de grandes residências. Um Jardim América mais imponente. Não digo Morumbi, porque o Morumbi não passa de um amontoado de casas ricas, muitas delas peru no pires (construção enorme, terreno escasso), misturadas a edifícios de luxo duvidoso, ao lado de favelas e terrenos baldios. Tudo em ruas estreitas, porque a especulação não perde um metro em nome da estética.

A casa que abriga a embaixada do Brasil fica em lugar histórico. A 200 metros dela está a Capela, na qual os navegadores iam pedir proteção antes de embarcar em suas naus e caravelas. Ali, Pedro Álvares Cabral e sua tripulação rezaram, em seguida desceram 500 metros até o Tejo, no local onde está agora a Torre de Belém. Dali, pensando que iam para as Índias, foram para o Brasil. Dizem que deliberadamente. De um ponto do terraço, no andar superior da embaixada, avista-se o Tejo lá embaixo, largo e limpo.

Também o Mario Prata, autor de um dicionário português-brasileiro, *Shifazfavoire,* passou semanas nesta casa, já que é amigo pessoal dos embaixadores. Todos leram a crônica bem-humorada em que tendo a família viajado, ele "assumiu" a embaixada. Andei por todos os cantos, para ver traços da "gestão" Mario Prata e nada encontrei. Passou em branco. Somente a belíssima Sheila, cadela São Bernardo, imensa, chegou a mim pensando que eu fosse o Prata, porque lhe haviam dito que viria um escritor. Quando chegou perto, viu que eu não sou o Prata, sou mais bonito...

Por falar em Pratinha, como ele é chamado em Lins, quero revelar uma "descoberta" que vai encantá-lo. Na Rua Dom Pedro V, 89, está um dos bares mais insólitos, curiosos, charmosos, criativos, deliciosos (pronto, gastei todos os adjetivos) do mundo. É o Pavilhão Chinês, que justifica uma visita a Lisboa. Produto de anos de elaboração e de uma fantasia ilimitada, centenas de vitrines ostentam coleções que vão de soldadinhos de chumbo a miniaturas de trens, tanques de guerra, de Falcons a Barbies, de capacetes de Exército a leques, chapéus de senhoras, e tudo o mais que se possa imaginar, arrumado com graça e gosto. Não perca, Prata, você que, como eu, tem lugar cativo no Balcão, em São Paulo. Um escritor deve ter o seu bar.

Hemingway teve o Harry's em Veneza e o Floridita em Havana. Fernando Pessoa tinha o A Brasileira, em Lisboa. Sartre e Simone frequentavam o Flore e o Deux Magots em Paris. O Almeida Salles e o Sérgio Milliet não saíam do barzinho do Museu de Arte, na Rua Sete de Abril. A história da literatura foi escrita nos bares.

Lisboa, na verdade, são várias Lisboas misturadas. Épocas diversas se mesclam e você sai de uma, entra na outra e a luz dá unidade. Há a Lisboa reconstruída pelo marquês de Pombal, depois do terramoto de 1755 (assim eles escrevem, terramoto), que até hoje é referencial. Há a Lisboa de ruas estreitas, becos, vielas e ladeiras, onde tanto se pode ver um pedaço de Veneza como uma aldeia da Toscana. Há a Lisboa moderna, audaciosa, que se espalhou para os lados da Expo 98. Em todas, reina a limpeza. Lambe-se o chão. Em todas, o asfalto das ruas é irretocável como a cútis de uma jovem.

Não há buracos. Assim como o ar é limpo, não há poluição. E *freeways* e viadutos nos levam a pensar em uma mini Los Angeles inserida graciosamente numa paisagem secular que nos lembra um Brasil que existiu, um Brasil que foi parte do Rio de Janeiro (e foi demolido) e que está em Ouro Preto.

E há verde, muito verde, praças e parques a todo instante, árvores e gramados, silêncio e não há congestionamentos. Verdade que agosto é mês de férias, muita gente está fora; os ricos estão no Algarve, parece que Portugal inteiro foi para lá. Muitas lojas e restaurantes fechados. E não há violência. José Gregori, que foi ministro da Justiça, ficou tão espantado quanto eu com uma notícia que durou oito minutos na principal emissora de tevê: um botijão de gás explodiu e feriu uma pessoa, arrancou portas. Meçam quanto significam oito minutos na televisão! Uma eternidade.

Andamos por ruas desertas e sombrias na madrugada sem ter o coração aos sobressaltos. Ao voltar, trazíamos na bagagem de mão pastéis de Belém, ovos moles de Aveiro, queijo da Serra. E o receio da alfândega parar e dizer: não pode. Passamos no verde, não nos revistaram, talvez graças a Santo Antônio, cujo quarto em que nasceu visitamos.

(30 de agosto de 2001)

# O vento tramontano pode me enlouquecer

COSTA BRAVA – Quando chegamos a Palamós, na Catalunha, Espanha, a 117 quilômetros de Barcelona, portas e janelas estavam fechadas, o tramontano soprava, incomodava a pele. A atmosfera da Espanha nos envolveu, o tempo desapareceu, caminhamos por vielas estreitas, casas de pedras amarelas e o silêncio do domingo quebrado pelo vento, criava um clima de filme. Tínhamos saído de São Paulo às quatro da tarde de sábado, passado a noite num voo da Iberia, tomando muita Cava (o champanhe espanhol), descido em Madri com uma temperatura de menos dois graus e apanhado a ponte aérea para Barcelona. Desembarcamos, entramos numa van, paramos para o almoço. Numa esquina, um homem de meia-idade brincava com uma criança num carrossel colorido. A. Habbaba, do Instituto Espanhol do Comércio Exterior, que nos ciceroneava, conversou com ele, queria mesa para seis no seu restaurante: Francisco Corrales, do Escritório Comercial da Espanha, Luciano Suassuna, da *IstoÉ Gente*, Carlos Marques, da *IstoÉ Dinheiro*, Ernesto Bernardes, da *Época*, e eu. O homem do restaurante deu um horário, 13h30. Habbaba, que chamávamos de Habi, tentou negociar, o homem argumentou: "Que posso fazer? É domingo, agora vou almoçar com minha família. Voltem em hora e meia". Enfim um lugar onde não se caça o turista à força, onde o que importa é o próprio bem-estar. Talvez esteja aqui uma das diferenças de Espanha.

Descemos para junto do mar, o vento continuava. Dizem que quando ele sopra durante dias e dias as pessoas podem ficar loucas. Em um bar fechado pedimos *caña*. É o nosso chope, geladíssimo. Estávamos na Espanha para, como escritores e jornalistas, percorrermos vinhedos, adegas, fábricas de presuntos e de queijos e jantar nos dois restaurantes mais badalados da Europa, o El Bulli, na Costa Brava, e o Sant Celoni, em Madri. Um, de Ferran Adrià, e o outro de Santi Santamaria, rivais na cozinha, no ego, na criatividade. Sete dias de doces "loucuras".

Deu uma e meia, subimos para o La Galera, numa esquina da calle Mauri Vilar, 21 (alguém pode ir, fica a indicação). Fomos os primeiros a entrar e a família não tinha acabado de comer. O velho atendeu sorridente e começaram a baixar peixes fritos (pareciam sardinha ou manjuba fresca), mexilhões, camarões à provençal, púlpitos (pequenos polvos) fritos em um molho de alho de entontecer. Finalmente, um Rom (é o Rodovalho para nós) na grelha, a pele crocante, a carne branca se desmanchando. Tudo regado com um vinho branco Samurroca, de uva moscatel. A comida nos elevou a alma, saímos às ruas, o tramontano ainda soprava, incessante. O vento nos seguiria por um dia e meio, mas não fiquei louco com ele e sim com as comidas.

Cinco da tarde e chegamos ao Hotel Golf Peralada. Em torno, extensos gramados verdes, desertos. Quem iria jogar com aquele vento? Na manhã seguinte lá estavam os golfistas, impassíveis. Breve descanso e seguimos para o El Bulli. Sete e pouco da noite, muita luz ainda, a estrada era cheia de curvas, pista única, duas mãos. Aos nossos pés, as rochas íngremes, a Costa Brava desfilando, vislumbrávamos barcos e mais barcos ancorados, centenas de lojas vendendo iates, lanches, veleiros. Passamos por Figueres, Cadaqués, Port Lligat e me lembrei que eram nomes familiares por causa de Salvador Dalí.

Pouco mais de oito da noite nos sentamos à mesa em El Bulli, cheios de curiosidade, ansiedade, emoção. Afinal, é um restaurante em que você reserva e espera dois anos, se tiver sorte. Se não tiver, espera mais, porque El Bulli (o nome é devido a uma raça de cachorro; a antiga dona do lugar tinha um, deu nome à casa e o nome permaneceu) fica fechado seis meses por ano. Quando funciona, fecha segunda e terça-feira. Não é um restaurante normal e sim um "laboratório tecnológico" onde o jantar, comandado por um *chef* que se tornou mito, é uma experiência única, como a primeira noite de amor. Ali estaríamos por cinco horas, degustando 30 pratos, os mais estranhos, diferentes e insólitos que vi em minha vida.

O restaurante mais famoso da Europa é chique, porém não ostensivo, não pesa, não intimida. Paredes brancas, grandes armários, peças de cerâmica. Maîtres e garçons magros, de preto. Começamos com uma caipirinha de limão *frozen*, mais densa que o *frozen* comum por aqui, tanto que a "comemos" com uma colherinha de prata. Veio dentro do oco de um limão e a pinga era nada menos que a nossa 51. E a cerimônia, porque trata-se de uma cerimônia, prosseguiu. Não se escolhe nada, se espera. O preço é fixo por pessoa, 155 euros, menos os vinhos. Sobre a mesa, pratos retangulares de 30 x 40 cm sobre os quais eram depositados os mais diversos recipientes, uns de aço inoxidável, outros redes metálicas, ou colheres de prata. Guardanapos brancos de 50 x 50 cm. Depois da caipirinha-nitro com concentrado de estragão, veio a oliva esférica, uma azeitona desconstruída, transformada em levíssima gelatina que se dissolveu na boca. Saboreamos pequenos biscoitos crocantes de framboesa e vinagre com toques aromáticos; *marshmallow* de parmesão; orelhas de coelho fritas (crocantes, algo como um torresmo mais consistente); caramelo de azeite de abóbora; bocadillo ibérico; caviar esférico de melão; pão de queijo (uma espuma gelada que me pareceu algodão-doce, mas que trazia o sabor do nosso pão de queijo); leche elétrica (hóstia de leite frito com pimentas, cuja reação na língua lembrou a do tacacá paraense, faz adormecer).

Em dado momento nos deram uma gelatina para deixar dissolver no céu da boca e um sabor penetrante dominou tudo, preparando para o próximo prato. Trouxeram ravióli esférico de ervilhas e salada de ervilhas na menta; sopa de azeite de oliva com laranja sanguínea, azeitona verde e flor e laranja da terra;

nhoques esféricos de batata com consomé de pele de batata assada; ovo esférico de aspargos brancos; cigala (espécie de lagostim) unilateral com ar de chá matcha; omelette surprise 2003 e nozes guisadas com molho noisette. Serviram ostras, panceta ibérica e cabrito em quantidades mínimas. Em uma breve pausa, sentimos o ar da natureza, um forte cheiro de laranja, que fluiu junto ao nariz, vindo de um balão branco que segurávamos na mão. O ritual foi lento, passo a passo regado por um Brut Natura Gran Reserva 2000 Cava Agusti Torelló, ao qual seguiu um Gramona Sauvignon Blanc, um Finca Els Camps, um Eneas 2001, de Montsant, e para fechar um PX de *añada* 2002. Assim encerrei a noite e marquei um ciclo de vida, um acontecimento, uma experiência a mais e desci as curvas da Costa Brava na madrugada, com o tramontano sempre a uivar. Que uivasse!

(29 de abril de 2005)

# Dois Loyolas nascidos em 31 de julho

BORREDÀ – Chegamos a esta cidadezinha, no circuito gastronômico da Catalunha, pelas 6 da tarde e logo encontramos a pousada El Querol Vell, a velha rocha. Cada um estendeu a mão e se apresentou ao dono, metido em grossas calças de veludo cotelê.

– Ignácio de Loyola...

– Ignácio de Loyola? Você é espanhol?

– Não, brasileiro.

– E por que tem um nome tão espanhol?

– Nasci no 31 de julho, dia de Santo Ignácio de Loyola e minha mãe assim me batizou.

– Também me chamo Ignácio de Loyola e nasci no dia 31 de julho.

Foi preciso eu viver 68 anos e atravessar um oceano para encontrar outro Ignácio de Loyola e nascido no mesmo dia que eu, no interior da Catalunha. A expectativa era para a aula e degustação de queijos espanhóis no começo da noite. O especialista Enric Canut viria de Barcelona para contar tudo sobre os 100 queijos de Espanha. A pousada era uma casa de 1400, construída sobre uma rocha. Para transformá-la em hospedaria, o dono acrescentou uma nova ala dentro do estilo da construção em pedras amarelas. Esse homem abandonou a cidade grande, Barcelona, e se enfiou na Catalunha, no sossego de uma cidade de 500 habitantes, entre a montanha e a planície. A aldeia começou no ano de 856 com uma igreja e uma estalagem que acolhiam peregrinos e caminhantes que viajavam pelo caminho real de Berga a Ripoli. Paulo Coelho gostaria. Rodovia e trilhas margeiam o Rio Merlès e a paisagem é cativante. Terra de embutidos (com nomes estranhos e intraduzíveis para mim) como a *longaniza*, a *llonganissetta*, o *bull*, o *fuet*; terra de cordeiro e ovelha, pão e queijos artesanais. Borredà é famosa por uma cebola grande com sabor peculiar, quase doce, delicadíssima.

Canut chegou às 7 da noite em ponto. E, por três horas, em sossego e encantamento, caminhamos entre queijos frescos, curados, semicurados, velhos, gordos, extragordos, semigordos, desnatados e semidesnatados, duros, muito duros, brandos e semibrandos, azeitados, apimentados, defumados, com ervas de todos os tipos e também queijos que recebem banhos de vinho, de sidra ou aguardente. A palavra queijo teve origem no latim *caseus*, que significa coalhado, fermentado. Com a grafia *keso*, a palavra aparece no ano de 980 em um dos mais antigos documentos escritos em romance, o *Nodicia de Kesos*, uma lista organizada por frei Jimeno, despenseiro do convento de San Justo y Pastor, em Rozuela, província de León. Somente na Espanha existem seis denominações para o queijo: *Queso* em castelhano. *Queixo* em galego. *Quesu* em bable, o dialeto dos asturianos. *Formatge* em catalão. *Hormatge* em aranês. *Gazta* em euskera, o idioma basco.

Na Espanha, o consumo hoje é de oito quilos/ano por habitante. Produzem-se queijos de leite de vaca, de ovelha e de cabra, ou queijos mesclados, vaca/cabra, vaca/ovelha, ou vaca/cabra/ovelha. A versatilidade se deve à diversidade geográfica, climática, paisagística, cultural. A Espanha está entre o oceano e um mar e o país tem mesetas, cordilheiras, vales, serras. Há um mosaico de paisagens, raças e culturas. Hoje já foi implantada a Denominação de Origem, DO, tão peculiar aos vinhos. O Mercado Comum Europeu reconheceu todas as Denominações de Origem, o que significou um salto econômico, uma vez que o salto qualitativo já havia sido dado. E a aula degustação começou – saltávamos de um queijo brando, amanteigado, de Arzúa – Ulloa, do País de Galícia, uma zona chuvosa, para um San Simon, de três semanas, compacto. Encaramos o célebre Afuega׳l Pitu (do dialeto bable), considerado um dos queijos mais antigos de Espanha, talvez do mundo.

Aí, abriu-se um queijo de cabra de Murcia, uma zona seca, onde as cabras são pequenas e os queijos "mantegosos", seguido por um queijo de acidez suave. As texturas vão variando, se contrapõem, este é o famoso Majorero das Ilhas Canárias, um meia cura, que deixa na boca um sabor de amêndoas fritas e em seguida um Tetilla, da Galícia. Da Extremadura provamos o DO Serena, também conhecido como a torta de Alcázar, o queijo mais caro do mercado espanhol (de 30 a 40 euros o quilo) e que se deve comer com uma colher. Não falta o Manchego, 100% ovelha, assim como deve estar à mesa o Cabrales, um DO das Astúrias, azul, forte, com o mofo tendo penetrado o suficiente e colonizado bem o interior. E ainda um Idiazabal basco. Por mais tecnologia e equipamentos que existam, a indústria do queijo é um ritual, depende da ação do homem, da manipulação e olfato, da ternura e experiência. Deve-se pensar, sempre, que foi um Deus que ensinou o homem a fazer o queijo. Teria sido Aristeu, da mitologia greco-romana, quem passou o segredo aos mortais. Aristeu era filho da ninfa Cirene e foi o criador da apicultura. Na verdade, o queijo sempre foi muito mais uma atividade de pastores que de aristocratas e hoje se tornou uma atividade de enorme complexidade e delicadeza, é um mundo variado e riquíssimo.

Depois da degustação, ficamos andando por uma Borredà deserta, casas escuras, nenhuma janela acesa, parecia filme, história de suspense. Grande parte da população se foi para as cidades grandes, mas não vende nem aluga as casas, espanhol não vende terra nem casa. De vez em quando alguém volta, revisita, parte, Borredà vai se esvaziando. Andávamos e saíamos no mesmo lugar. Havia escadas que não conduziam a parte alguma, pracinhas minúsculas. Numa rua, um pequeno espaço e uma placa, estacionamento, mal devia caber um carro. Silêncio, apenas nossas vozes e nossos passos. Como se estivéssemos em um filme, um conto de Jorge Luis Borges, Murilo Rubião, em um sonho. No dia seguinte, eu me surpreenderia com a atitude absolutamente digna de um queijeiro, mas fica para a próxima, porque é mais do que gastronomia.

(20 de janeiro de 2006)

# Não se vende a alma de um queijo

BORREDÀ – Não sei dizer por que, mas sempre impliquei com os queijos de cabra. Recusava-me sequer a experimentá-los, o que indicava um preconceito tolo. Aliás, redundância, preconceitos são tolos. Minha mãe, mulher simples e de hábitos alimentares rústicos e parcos, revelava sabedoria ao dizer: não pode dizer que não gosta se não experimentou. Essa idiossincrasia minha talvez viesse das cabras que andavam soltas pelas ruas, devastavam o que viam pela frente, era um salve-se quem puder para proteger os jardins, elas pulavam cercas e portões. Cabras cheiravam mal e faziam um cocozinho redondo e preto por toda a parte. Ou eram os bodes que cheiravam? De qualquer maneira, atravessei décadas sem ousar experimentar os queijos caprinos, até me ver em Borredà.

Certa manhã, deixamos a pousada El Querol Vell e partimos para a Formatge Bauma SL, onde se fabrica um dos mais bem cotados queijos de cabra de Espanha. Lugar montanhoso, vegetação meio agreste, meio cerrado, uma casa de pedras amarelas. Paisagem quase inóspita. Nenhuma cabra à vista. As instalações são pequenas, limpíssimas. Centenas de formas abrigavam pequenos queijos alvos, cremes que poderíamos comer com uma colher se já estivesse na hora. Não estava. Nunca se visitou uma fábrica tão rapidamente. Haveria degustação e eu me perguntava como enganar (fingir que comia, sem comer) aquele proprietário tão gentil, um espanhol magro, de bigodes pretos e um jeitão simplérrimo. O Bauma é apenas um entre os pequenos produtores que ajudaram a melhorar a imagem do queijo de cabra no país, competindo com os melhores da Europa. Esses produtores têm contribuído inclusive para a fixação da população rural, uma vez que geram empregos. Claro que há uma política governamental de apoio; política que funciona, nada da nossa Fome Zero demagógica, malfadada e fracassada.

Não dei sorte, fomos para uma varanda que tinha bela vista, o dono trouxe vários tipos de queijos diferentes, cortou, e sentou-se ao meu lado, me ofereceu o primeiro pedaço. Havia chegado a hora. Engoli seco, coloquei o queijo na boca, ele se desmanchou e me deliciei. Em alguns segundos percebi como tinha perdido coisas belas na vida. Deixei o sabor percorrer minha boca, dei a segunda mordida e estava disposto a sair pelo mundo em defesa do queijo de cabra. Tinha acabado de provar um Garrotxa. Levemente ácido, suave, cremoso. Um gole de vinho branco, seco, um Albariño, e penetramos nos segredos de um Carrat, queijo pequeno, quadrado. Finalmente, foi aberto um vidro em que bolotas de queijo flutuavam em um azeite virgem, espesso. E enquanto o proprietário buscava outras garrafas de vinho, afinal éramos seis, A. Habbaba, do Instituto Espanhol de Comércio Exterior, contou uma pequena história deliciosa. Dessas que nos fazem acreditar que ainda há pessoas que pensam além do dinheiro, alheios à ganância que assola o mundo e destrói o espírito.

O rebanho da Bauma tem 500 cabras que dão uma quantia de litros de leite, suficiente para determinado número de queijos. Um produto com nome nacional, mas também levado a um outro país do Mercado Comum Europeu. Um dia, apareceram na "queijaria" (chamemos assim) alguns senhores respeitáveis, de terno e gravata. Eram banqueiros e investidores que chegaram atraídos pela reputação do Bauma. Sentaram-se, conversaram, pediram um mundo de informações (mas já sabiam bastante) e propuseram: "O senhor tem 500 cabras, mas nós vamos colocar dinheiro aqui e montar um rebanho de 5 mil. Vamos investir, ampliar as instalações e produzir dez vezes mais e exportar para os Estados Unidos, um mercado muito receptivo ao queijo de cabra de qualidade". O dono ouviu e disse: "Não!" "Como não, o senhor não quer expandir, desenvolver?" E o dono argumentou: "Estou bem, minha industriazinha funciona, meus filhos estão estudando, minha mulher dá aulas na universidade, temos uma bela casa, economias. Para que mais?" Os banqueiros: "para ficar rico". O dono: "Meu queijo tem reputação, é feito da mesma maneira que meu bisavô fazia, meu avô fez, meu pai fez, eu faço e meus filhos farão. As técnicas progrediram, nos atualizamos, sem nunca esquecer como este queijo nasceu. Tratar de 500 cabras é uma coisa, sabemos até o nome de cada uma, as manias, o temperamento. Cuidar de 5 mil é diferente, muda tudo. Chegar à qualidade atual nos custou décadas. Teríamos de treinar mais gente que viria apenas por salários. E a alma do Bauma? Não se pode comprar a alma de um queijo como o nosso".

(27 de janeiro de 2006)

# Escritor com os cordões desamarrados

ROTERDÃ – Pouco antes de entrar no Lantaren Venster para a leitura daquela noite, o tradutor August Willemsen me alertou, "os cadarços de seus sapatos estão desamarrados". Abaixei-me, amarrei-os e entramos. O Lantaren é um conjunto de salas de cinema, auditório, bar e restaurante, onde aconteceu o Festival do Cinema e da Literatura Latino-Americana, organizado pela Poetry International Rotterdam. Roterdã se afirma cada vez mais no cenário cultural da Holanda, rivalizando-se com Amsterdã. Aliás, as duas cidades se comportam como Rio e São Paulo. Este ano, o Brasil entrou como parte da América Latina. Em geral, quando se faz alguma coisa latino-americana, participam apenas os hispanos, os de língua portuguesa ficam de fora.

A grande presença foi Nelson Pereira dos Santos, homenageado com a exibição de *Rio 40 graus*; *Rio, zona norte*; *Como era gostoso o meu francês*; *O amuleto de Ogum*; *Fome de amor*; e *Memórias do cárcere*. Foram projetados também dois clássicos, *Ganga bruta*, de Humberto Mauro e *Limite*, de Mário Peixoto. Para este filme, o músico Franck Mol (que tem a cara do Mario Prata) compôs uma trilha sonora especial, executada por uma orquestra de câmara durante a exibição no Doelen, o teatro de ópera da cidade. Roberto Drummond e eu representamos os escritores brasileiros. Além de uma leitura de textos nossos, apresentamos filmes de nossa preferência. Escolhi *Memórias do cárcere* e *Rio 40 graus*. Roberto é um sujeito querido e curioso. Mineiríssimo. Estava orgulhoso, tinha acabado de receber seu primeiro cartão de crédito. Uma noite, ao me ver sair perguntou se podia me acompanhar, queria jantar e não falava língua nenhuma. Andamos e entramos numa cantina italiana das mais simpáticas. Quando o maître se aproximou para ver as bebidas e tirar os pedidos, Roberto pediu:

– Pergunte a ele se aceitam cartões de crédito.

Ante a afirmativa do maître, Roberto sacou seu cartão e o entregou ao homem, que sorriu e disse:

– Melhor esperar que vocês jantem e eu traga a conta.[1]

August Willemsen foi nosso tradutor e apresentador. Willemsen é daqueles europeus raros que merecem medalha. Autor de *Braziliaanse Brieven* (Cartas Brasileiras) apaixonado pelo Brasil e pela literatura brasileira, viveu aqui alguns anos, é tradutor de Guimarães Rosa e Graciliano Ramos – aliás sua tese de mestrado. Ele descobriu Graciliano num bonde nos anos 1950. Morando em São Paulo e estudando, apanhava todos os dias o bonde para ir à cidade. E fez amizade com o farmacêutico Guilherme Gualtieri. Falavam sempre de literatura. Um dia, Gualtieri o presenteou com um livro de Graciliano: "Quero que conheça este autor". Paixão instantânea. E uma grande coincidência. Porque escolhi *Memórias do cárcere* sem saber que August amava Graciliano. E mais: Gualtieri era de Araraquara. Onde andará? Está vivo ainda? Terá ideia do processo de mudanças que desencadeou na cabeça de um jovem europeu alto e magro? Em lugar de um tradutor simultâneo, o Festival projetava numa tela atrás de nós os textos em holandês, enquanto líamos em português nossas histórias.

Um fato raro: diplomatas brasileiros, em geral omissos, estiveram presentes o tempo inteiro. Ou era a embaixadora Vera Pedrosa ou o conselheiro Carlos Alberto Asfora, sobrinho de um grande escritor, o Permínio, autor de *Noite grande*. Do festival participaram pessoas como Fernando Birri, figura mitológica que ensinou cinema ao Maurice Capovilla e a Wladimir Herzog. Jorge Fons, o diretor que lançou Salma Hayek, a beleza mexicana que acaba de fazer *Desesperado*, com Banderas. Jorge Furtado, cineasta brasileiro, Marcelo Piñero, diretor argentino, hit do momento

---

[1] Roberto Drummond morreu de infarto em junho de 2002, praticamente na hora em que o Brasil jogava com a Inglaterra, um jogo que ele temia. Estava com 69 anos. Muito cedo.

com o *Tango feroz* e *Caballos salvajens,* o ator cubano Wladimir Cruz, de *Morangos com chocolate,* José Luis García Agraz, diretor mexicano, Juan Rulfo, filho do grande escritor, Eduardo Galeano, Jorge Edwards, Carmen Bullosa, Luiza Valenzuela, Ira Bart, Fleur de Bourgogne. Os mexicanos logo se entrosaram com os brasileiros. Entre eles descobri outro Ignácio de Loyola, só que de sobrenome Ortiz Cruz, que como eu, nasceu no dia 31 de julho e a mãe, católica como a minha, logo empurrou o nome do santo. Coincidências holandesas. Devo dizer latino-americanas!

Ao entrarmos para o auditório uma brasileira me perguntou: "Lembra-se de mim? Meu nome é Palmira, Brasília, 1984". Não me lembrava. Ela percebeu que o referencial era vago. O que teria acontecido em Brasília nessa data? "Você estava falando na universidade, sentado sobre a mesa com os pés numa cadeira." Até aí, tudo bem, é como sempre falo. "Então, uma hora eu interrompi e todo mundo riu, você ficou sem jeito." Eu, sem jeito? Não é difícil, com minha timidez. E a mulher (que se casou com um holandês e foi embora) terminou. "Levantei-me no meio da palestra e pedi licença pra amarrar os cadarços de seu sapato. Estavam desamarrados e aquilo me incomodava." August começou a rir, eu também. Coincidências holandesas.

(29 de outubro de 1995)

# Quinze dias fora da bagunça

FRANKFURT – Terça-feira, começa em Frankfurt a maior feira de livros do mundo. O tema, neste ano de 1994, é o Brasil. Durante meses, boatos circularam por todos os lados. Quem vai, quem não vai? Listas foram publicadas, desmentidas, convidados desconvidados. Parece que se chegou a um consenso. O curioso, e bem brasileiro, é que os dois organizadores, o Ministério da Cultura e a Câmara Brasileira do Livro, deram a impressão de que não se bicavam. Precisei de uma informação sobre uma programação paralela, liguei para o Ministério, em Brasília, e a secretária informou que não tinha meios de responder, era evento da Câmara. Eu, ingênuo, imaginei que, tratando-se da cultura brasileira, estaria havendo união, ligação íntima. No fim, todo mundo se entende. Será?

A Câmara fez parceria com a Haus der Kulturen Der Welt (Casa da Cultura do Mundo) de Berlim e um grupo de escritores vai permanecer na Alemanha, no rescaldo da feira. Percorrendo cidades e fazendo leituras, hábito comum e salutar. O escritor lê trechos de seus escritos, de preferência inéditos, e conversa com o público. Isso é feito em bibliotecas, livrarias, universidades e galerias de arte. Quer dizer, a Feira termina, mas a literatura brasileira continua andando de cidade em cidade.

Li uma crônica do João Ubaldo Ribeiro que se confessava incomodado com a "organização alemã". Ele não se dá bem com ela. Rígida demais. Os ônibus circulares, por exemplo, chegam no ponto irritantemente no horário estipulado: 13h21. Ou então 20h47. Sou o contrário. O que me anima é deixar a bagunça (que por sua vez encanta os alemães) e passar alguns dias dentro de um sistema onde coisas funcionam. Na última semana no Brasil, tive o mesmo almoço marcado e cancelado três vezes. Estudantes combinaram me entrevistar, não apareceram, não telefonaram, fiquei plantado. Uma assessora de comunicação, para quem escrevi um artigo, há cinquenta dias, me pediu que emitisse nova nota, porque tinha perdido a anterior. Mandei uma ordem de pagamento para o mecânico e até hoje, sete dias depois, ainda não caiu na conta dele. Num domingo, vindo do interior apanhei na estrada um congestionamento de 30 quilômetros, sem ver um só guarda rodoviário orientando o que quer que fosse. E assim por diante. Cada um de nós tem mil razões e queixas. Pois no Brasil as pessoas, durante as secas, com as represas baixas e em níveis mínimos, o racionamento comendo, não continuam a lavar calçadas em lugar de varrê-las? Não passo todas as manhãs por uma concessionária de carros que está com a mangueira de água ligada, limpando os belos autos?

Deste modo, acho uma delícia passar quinze dias num lugar onde se cumprem horários e compromissos. Recebi da Haus der Kulturen Der Welt minha programação. Ali explica, saio de Frankfurt segunda-feira, dia 10, pelo trem número 522, em direção a Essen, às 11h51. Minha poltrona é a 37 e meu vagão o 14. Chego à cidade às 14h57 e serei recebido por Peter Kolling (telefone do moço, anexo). Meu hotel será o Assindia, endereço, tel., fax e a leitura na livraria Heinrich Heine, endereço, tel. Assim, para cada etapa, todas as informações. Este programa chegou há um mês. Um mês! Só farei besteira se for burro. Quantas vezes, no Brasil, cheguei a uma cidade e não tinha ninguém me esperando – conforme combinado – e eu não sabia para onde ir, porque tinham me dito: não se preocupe, a gente te apanha. Lá ficava eu na rodoviária, olhando a lista telefônica, ligando para livrarias, bibliotecas, prefeitura, até descobrir uma alma bendita que, pedindo desculpas, me encaminharia. Isso pode ser divertido (ou uma aventura) uma, duas vezes, mas quando é frequente, enche.

Esta Feira de Frankfurt é um bom momento para o Brasil dar uma limpada no nome no exterior. A programação parece abrangente. Vai depender de cada um de nós agir como representantes do país, levando a sério. Ou seja, esquecendo o exemplo de baderna que os políticos têm dado.

(2 de outubro de 1994)

# Literatura brasileira assunto de jornal

FRANKFURT – Não li parte do que se escreveu sobre a participação do Brasil na Feira de Frankfurt porque continuei na Alemanha. Mas soube das reações do Diogo Mainardi numa de nossas principais revistas. Diogo é o Edmundo da literatura brasileira. Edmundo é aquele atacante palmeirense que tem talento e um pavio curto que o leva a distribuir socos e pontapés nos companheiros de profissão. O Mainardi tem talento, mas adora dar rasteiras no pessoal do seu ofício. Investe sobre tudo e todos, na velha atitude do *épater le bourgeois*, esquecido de que outros, em outros tempos, fizeram o mesmo e com quais resultados?[1] Gente como o Diogo tem o Paulo Francis como parâmetro. Querem ser polêmicos. Anos atrás apareceu na imprensa paulistana um clone do Francis, chamava-se João Onofre ou coisa semelhante. Distribuiu pauladas, arrasou escritores e livros e até escreveu um. Alguém sabe onde anda o Onofre hoje? No *Diário de Cruz Alta* ou no *Nacional* de Passo Fundo?[2]

Não conheço outra literatura no mundo que tenha tantos inimigos dentro de sua pátria como a brasileira. Entende-se quando os ataques vêm de quem não é do ramo (mas gostaria de ser e não entra por falta de talento). Mas sermos atacados por nossos parceiros é coisa que me deixa perplexo e me faz pensar em ética, algo perdido neste país. O que deve ter irritado é que Frankfurt funcionou, contra as expectativas.

Uma das teclas batidas para desmerecer os escritores é que não se venderam tantos direitos para o exterior, portanto nada

---

[1] Diogo Mainardi acaba de publicar um livro, *A queda* – que entrou numa lista de mais vendidos –, sobre seu filho que teve um problema cerebral ao nascer, devido a um erro médico. Diogo sempre declarava que adorava não ter leitores.
[2] O crítico que veio do sul chamava-se José Onofre, na verdade. Faleceu há muitos anos, esquecido.

aconteceu. O que não se entendeu é que os objetivos eram diferentes. A cada ano, Frankfurt abre espaço para um país convidado divulgar, mostrar e promover a sua cultura. Entre outros, nos últimos tempos, tivemos a Espanha, o México e a China. Acaso, depois da Feira, aconteceu um *boom* da literatura destes países? Quantos escritores chineses ou mexicanos foram revelados ao mundo pela Feira? Um dos problemas é que se tem medido êxito e fracasso em função do número de exemplares vendidos, uma perversão provocada por estes tempos em que tudo é marketing.

Muitos cobriram a feira com espírito provinciano. Tivessem ideia de como é a imprensa europeia e teriam se assombrado com a centimetragem generosa que o Brasil recebeu durante uma semana. Com todo o eurocentrismo, ocupamos de uma a três páginas diárias nos principais jornais. No *Frankfurter Rundschau*, o editor Wolfgang Schulte é o que se pode chamar um amigo, admirador de coisas brasileiras. Artigos, resenhas, entrevistas, crônicas, avaliações históricas de nossa cultura, ensaios. Quanto aos escritores (e foram 40, entre delegação oficial – aquela composta por velhos e corcundas, como disse uma jornalista que também é escritora, mas que não foi à Feira – convidados das internacionais e os que foram por conta própria ou levados por suas editoras daqui ou de lá), televisão e rádio da Alemanha, Áustria, Suíça, Holanda, Espanha e Portugal não lhes deram tréguas. A *Deutsche Welle*, espécie de BBC alemã, abriu espaço diário de 40 minutos a uma hora para a representação brasileira. Neste espaço, não se falou de devastação, índios, queimadas, crianças assassinadas, traficantes e bicheiros. Muita gente foi preparada para enfrentar perguntas clichês e parece ter se chateado quando as questões não vieram como esperavam.[3]

Funcionaram os debates patrocinados pelo Ministério da Cultura e organizados pela Ray-Güde Mertin. Alguma confusão?

---

[3] Agora, em 2013, outra vez o Brasil foi tema da Feira de Frankfurt.

Sim! Debate sem confusão, não é debate. Mas a LiteraturHaus esteve repleta todas as noites. E muito se discutiu, se informou. Funcionaram as leituras patrocinadas pela Câmara Brasileira do Livro, organizadas pela Casa da Cultura do Mundo, de Berlim, através de Klaus Peter Rees. Dez escritores foram a 29 importantes cidades alemãs. Uma rede que cobriu o país de norte a sul, leste a oeste. Escritores escolhidos pelas cidades, através de bibliotecas, universidades, livrarias ou organizações autônomas. Os que cobriram a Feira talvez não tenham avaliado ou sabido deste rescaldo positivo. Houve atritos internos, amadorismos, episódios pitorescos. Karin Schreiner, que ganhou um prêmio de tradução, recebeu um papel no qual estava escrito: "Vale uma passagem e tantos mil marcos". Soube que já pagaram o prêmio. Não vendemos tantos livros para o exterior. Ninguém foi revelação. Mas se falou deste país sem os lugares-comuns. Houve críticas, principalmente ao pavilhão e a uma certa imagem exótica que (nós) insistimos em passar: mulatas serviam no bar Garota de Ipanema. Vídeos mostraram carnaval e tangas. E as caipirinhas estavam lá. Ninguém é de ferro! Mas foi pouco, mínimo.

(6 de novembro de 1994)

# Leituras: curiosa mania alemã

BAD BERLEBURG – Fernando de Moraes haveria de gostar. Em Bad Berleburg, pequena cidade de 8 mil habitantes, no estado de Westphalia, Alemanha, Gerd Gethard retirou o volume encadernado de uma estante repleta de livros sobre o Brasil. *O mundo que o português criou*, de Gilberto Freyre, publicado em 1940.

A dedicatória do autor, feita no mesmo ano, é para Assis Chateaubriand, o Chatô. Pequena preciosidade entre as muitas que Gerd possui, recolhidas em sebos do Brasil, onde ele viveu muitos anos, até voltar para sua cidade natal. Ele era frequentador habitual do Spazio Pirandello, do Maschio e Wladimir Soares, o último bar mitológico de São Paulo. Durou dez anos, mas foi frequentado todas as noites por uma multidão de descolados, intelectuais, artistas, gays, lésbicas, loucos, modelos, anônimos, bêbados, tudo.

Em Bad Berleburg autografei, pela segunda vez. *Contos pirandelianos*, antologia em que sete autores, em 1985, criaram histórias tendo o Spazio como centro-ação. Gerd tem uma galeria de arte, onde a maioria das peças vem do nosso artesanato. Vende joias, expõe brasileiros e representa vinhos chilenos.

Um eclético que adora literatura e, em convênio com a livraria local, realiza semanas de arte, em que o Brasil está presente. Mora numa casa de três andares, secular, construída segundo a arquitetura típica da região, com grossas traves de madeira segurando a alvenaria. A casa pertence à família Wittgenstein, cujo castelo renascentista fica ao lado. Das janelas de Gerd se contempla a piscina, onde nobres se banham no verão, tendo a floresta e o rio ao fundo.

Bad Berleburg é estância termal, com alguns *spas*, onde as pessoas descansam, emagrecem e convalescem. Foi a plateia mais curiosa – 95% alemães – e também a mais atenta que tive neste ciclo de leituras após a Feira. Tive Ray-Güde Mertin como leitora e intérprete, permanecemos duas horas e meia lendo e conversando.

O normal é uma hora e quarenta a duas horas. Mas os alemães estavam interessados em saber a imagem que se tem deles no Brasil; portanto, as perguntas eram ao contrário. Em lugar de explicar o Brasil para eles, falei da minha visão da Alemanha, após a leitura de trechos de *O verde*, quando riram muito do próprio medo das correntes de ar ou da mania de ditar regras e normas aos outros.

Por Bad Berlenburg passaram, na mesma semana, Caio Fernando Abreu, Sérgio Sant'Anna, Caco Barcelos e Moacyr Scliar. As leituras foram no salão nobre do Kur Baus, com as pessoas nas mesas, tomando vinho e cerveja, num profundo silêncio.

Que diferença dos shows do Palace, em São Paulo, onde o artista canta entre conversas, bater de garrafas, barulho de gelo despejado nos copos. Leituras são uma curiosa instituição alemã de forte tradição. Costume que espanta quem não está habituado. As pessoas pagam entre três e dez marcos para ouvir o autor ler seus textos e conversar com o público. E o autor tem cachê para essa sessão. Aliás, paga-se por tudo.

Você dá entrevista a uma rádio e chega alguém com o recibo e o dinheiro na mão. Vai à tevê, fala, recebe. Faz a leitura e participa de um debate e ali está o pagamento. Respondi a 28 perguntas enviadas por fax pelo jornal de Munique *Süddeutsche Zeitung* e quando cheguei a Frankfurt havia um cheque à minha espera. E era coisa do meu mais absoluto interesse. Ou seja, há profissionalismo.

Ray-Güde foi peça fundamental nas operações brasileiras junto à Feira de Livros de Frankfurt. Houve sérios problemas entre o Ministério da Cultura e a Câmara Brasileira do Livro. Os dois acabaram funcionando em separado, quase em oposição. Mesmo assim, as coisas caminharam, principalmente porque, dentro da feira, se contou com uma ajuda gigantesca e anônima de pessoas que acabaram destrinchando e transformando em projetos os esboços enviados do Brasil. Só não se salvou a feiúra do pavilhão brasileiro.

Imenso *iceberg* branco, *clean*, desprovido de cores, com absoluta falta de senso do que seja uma exposição didática para quem, em princípio, jamais ouviu falar do Brasil ou tem ideias clicherizadas. Num país de tantas cores como o nosso, se caminhava entre paredes de fórmica branca e se pisava um tapete cinza, asséptico, igual ao de um hospital. Fotos sem legendas para orientar o visitante. Vídeos sem explicações. Livros amontoados como que à espera de uma máquina para reciclá-los.

E textos assombrosos sobre a formação do caráter brasileiro. Um deles quase fez gritar Lilia Schwarcz, grande estudiosa da História do Brasil. É o que dizia: "Os portugueses tentaram fazer com que os índios trabalhassem, mas estes, preguiçosos, viviam deitados nas redes, pescando. Foi-se então em busca dos negros, transformados em escravos. O negro, com suas danças e seus ritmos, moldou o caráter musical do brasileiro...". Basta a amostra?

(3 de outubro de 1994)

# Que cidade é esta agora?

BERLIM – Cheguei ontem. Foram anos sem voltar à cidade que me abrigou entre 1982 e 1983 e na qual vivi feliz. Faz 18 anos que desci numa cidade que guardava restos do inverno. Quando saí, deixei com pesar uma das cidades mais alegres da Europa. Abandonei Araraquara num 11 de março para tentar a vida em São Paulo. Vinte e cinco anos mais tarde, num 11 de março, desci no Aeroporto de Tegel. Quando entrei em São Paulo, a cidade era imensa, assustadora, eu não sabia dar um passo, me perdia, me assombrava. Quando desci em Berlim, penetrei numa cidade desconhecida, não sabia uma palavra de alemão, me perdia e me encontrava, era como renascer. De tempos em tempos, renasço. Tenho medo e fascínio por esse renascer.

Agora, outra vez Berlim. Num 11 de março. Terá significado? Tais coisas precisam de explicação? Deixemos os mistérios, eles alimentam e me levam para a frente, nas tentativas de decifrá-los. Agora, não existe o muro. Caiu há dez anos. De Frankfurt, continuei num avião da própria Lufthansa. Um dos primeiros sinais da unificação. Antigamente, o voo Frankfurt-Berlim era monopólio da Pan Am, por força dos tratados de ocupação. A Berlim em que eu vivi desfaz-se. Dela restarão memórias. Não que eu fosse favorável ao muro. O raciocínio não é por aí. É que ele conferiu a Berlim uma aura particular de cidade única, singular e excitante, original e louca, nervosa e adorável, independente de todas as especulações a respeito de sua problemática existência.

Dissolveu-se a redoma em que Berlim Ocidental vivera. Gaiola de ouro, na definição de Antonio Skármeta, autor de *O carteiro e o poeta*, que nela viveu exilado. Nos encontrávamos, comíamos juntos, íamos a shows. Cidade que bocejava num sono histórico, para o sociólogo Winfried Hammann. Para o cineasta Wim Wenders, "em Berlim, a pessoa sempre tinha o pressentimento de que, muitas vezes, mais que em nenhum outro lugar do mundo, atrás de cada uma de suas pequenas cenas, podia-se ocultar o início de uma história, o começo de outra aventura".

Para mim, quem definiu a cidade melhor do que ninguém, e na forma como eu a sentia, foi o escritor Joseph Pla: "Passei tardes em Berlim como se estivesse no interior de um campanário submerso. O silêncio proporcionava uma sensibilidade de convalescente. Às vezes, éramos assaltados por uma onda de loucura e nervosismo à qual se sucediam horas de lassitude e abandono."

O ar provinciano e tranquilo diluiu-se, congestionamentos fazem parte do cotidiano, veio a poluição, a industrialização exacerbada, a violência explícita. Cidade amada e odiada pelos alemães. "Não rever Paris é uma catástrofe, não rever Berlim não tem a mínima importância", escreveu o jornalista bávaro Dieter Mayer-Simeth.

Havia nela intensa atividade criativa. Festivais de teatro, dança e cinema. Concertos clássicos, de rock, música popular alemã, pop ou *heavy metal* nos auditórios de sociedades musicais, salões paroquiais, igrejas, bares, parques, no imponente Waldbühne que os nazistas construíram ou na luxuosa filarmônica. Leituras de escritores nacionais e internacionais nas livrarias, bibliotecas, cafés.

Prédios ocupados, bancos alternativos, museus magníficos (no egípcio, Nefertiti, beleza que o tempo não dissolve, repousa em caixa de cristal, provocando hipnose). Manifestações, avenidas espaçosas, transporte perfeito, integrando trens, metrô e ônibus, prédios baixos, árvores, florestas, rios, lagos, canais, parques, imensos gramados que, no verão, abrigam alvas mulheres nuas ao sol, centenas de cinemas, teatros, universidades, cafés, bares, restaurantes, *imbiss* em cada esquina, cabarés, *peepshows* e cachorros. *Punks* e *skinheads* de roupas negras e metais cobrindo o corpo convivem com velhas impecáveis, de luvas e chapéu, a caminho de chás e bolos cremosos nas *konditorei* (a Möhring, das mais tradicionais, fechou as portas).

Clima de aldeia substituído pela efervescência de cidade grande. Ruínas recentes, fantasmas, miasmas, *zeitgeist*, o espírito do tempo, passeatas, choques com a polícia, minorias ensandecidas, arte escorrendo por todos os poros. E tardes de verão silenciosas, límpidas e intermináveis, estendendo-se até as 11 da noite. Cidade que não necessitava dormir. Agitava-se insone, ansiosa, sonhando com a utopia: a queda do muro. E agora? Entre uma palestra e outra (é por isso que estou aqui, convidado) vou conferir.

(13 de fevereiro de 2000)

# Todos deveríamos ser dendrólatras

JERUSALÉM – No ônibus que nos conduziu dentro de Israel, de Tel Aviv a Jerusalém, a Haifa, Safed, Cesareia, Mar da Galileia, Massada, Mar Morto, havia sempre um momento em que um de nós ia para a frente, tomava o microfone do guia e contava uma história, dizia um poema, contava uma piada. Pensem em doze pessoas criativas, as imaginações excitadas por tudo o que viam e podem calcular o que acontecia. Certa tarde, Rubem Fonseca apanhou o microfone e fez uma declaração que nos deixou perplexos:

– Sou um dendrólatra.

Ninguém sabia o que era e Rubem voltou à sua poltrona com a habitual expressão irônica que o caracteriza. Ninguém sabe quanto é diferente o Rubem real e o Rubem mito, inacessível. "Dendrólatra?", gritou a novelista Ana Maria Moretzsohn, como se soubesse o que a palavra significava. "Tem certeza?" Rubem fez que sim. Nada mais foi dito e não tínhamos um Aurélio à mão para consultar. Ninguém tinha (ainda) um iPad para acessar o Google e ficou por isso. Primeiro mistério de uma viagem em que, a todo momento, se falava em revelação.

Israel é a terra ideal para isso. As revelações de Deus aos homens, dos anjos à Maria, de Cristo aos apóstolos, as do profeta Maomé, as dos cabalistas. Um conselho. Não viajem a Israel sem antes ter lido a Bíblia, aproveita-se mais. Agora, não tentem entender a parte atual, a política das relações com árabes e palestinos, é uma perplexidade constante. Estávamos lá no dia em que Condoleeza Rice teve uma reunião de cúpula – que aliás transtornou o trânsito de toda a cidade. Quando perguntamos o que tinha sido resolvido, nos responderam: nada, como sempre!

Comandados por Cláudia Costin, secundada pelos diplomatas Daniel Gazit – que foi embaixador no Brasil – e Rafael Singer, secundados por Luiz Sérgio Steinecke e Silvia Perlov, passamos oito dias em agitação constante. Até um pouco demais, poderíamos ter tido algum tempo livre para descobertas pessoais, para ir regatear no mercado árabe da velha Jerusalém. Foi a primeira vez que uma delegação brasileira de peso compareceu à Feira Internacional do Livro de Jerusalém e para isso se juntaram várias entidades como o ministério das Relações Exteriores de Israel, a Confederação Israelita Brasileira, o Instituto Cultural Israel-Ibero América, presidido pelo arquiteto brasileiro Daniel Reznick, há mais de meio século no país. E o Brasil, onde está?

O embaixador interino apareceu no aeroporto, distribuiu abraços, disse bom dia e bem-vindos e foi aos jantares. Boca-livre e nada mais. A representação brasileira (o novo embaixador, Pedro Mota, assumiu o cargo no último dia de nossa estada) não moveu uma palha, não ofereceu um almoço, um *brunch*, um coquetel, não promoveu um encontro na embaixada ou em qualquer outro lugar, não produziu sequer um folheto de uma página informando sobre nossos escritores. Ficamos com inveja do farto e belíssimo material que os governos da Espanha, França, Itália, Polônia e Lituânia entregavam em seus estandes. Livros, livretos, cadernos, fotos, biografias, em hebraico e inglês, relação de e-mails. O nosso Ministério da Cultura soube da Feira, dos brasileiros nela? Foi lida alguma mensagem do ministro? Ah! Era carnaval e o ministro estava no camarote 2222 em Salvador!

Em compensação, o Centro Cultural Brasil-Israel, entidade privada, presidido por Marcus Wasserman, promoveu em Tel Aviv um encontro bem-humorado e cordial entre escritores e a colônia brasileira. Lá estava o decano Nahum Sirotski, ícone da imprensa, o homem a quem gente do porte de Paulo Francis e sua geração rendem homenagem. Ele fundou a revista *Senhor*, um mito até hoje.[1]

---

[1] A revista *Senhor* é hoje objeto de colecionadores. Foi a sensação do começo

Fomos todos convidados – presente a ministra das relações Exteriores de Israel, Tzipi Livni – a reescrever a Bíblia. Não interpretar, fazer a nossa maneira, mas sim manuscrevê-la. Será uma edição da Bíblia escrita a mão por autores do mundo inteiro, uma coisa bem curiosa. Espero que alguém entenda minha letra. Se conseguiam ler aramaico!

Teve uma guerra particular Brasil e Argentina. No primeiro dia nos desentendemos com o guia, um argentino chato que nos tratava como colegiais: "não conversem, apressem-se, vamos, vamos, não podemos nos atrasar". Só faltou uma palmatória. Cláudia Costin entrou em cena, deu uma dura, no dia seguinte tivemos outro guia, Ephraim Rushansky, que apesar do nome é um pernambucano que saiu do Recife há 37 anos e ficou na Terra Santa. Sabe tudo, é divertido, entrava na nossa, era maleável.

Uma tarde, a caminho do Rio Jordão, onde Cristo foi batizado por São João Batista, o guia nos alertou: "estamos indo devagar, porque estamos cruzando o Jordão". Ana Maria Moretzsohn gritou na hora: "Ah! *Crossing Jordan*". O seriado que passava no Universal Channel, para quem tem Net. O Jordão não passa daquilo que chamamos de córrego (ou "córgo" para os caipiras). Um riacho de nada, ainda que dos mais célebres do mundo. Para os católicos, água santa, ali Cristo foi batizado por seu primo João. Todo mundo querendo por a mão na água, o pé.[2]

---

dos anos 1960. Acaba de sair uma edição especial, em com uma seleção dos principais artigos e ilustrações, editada pela Imprensa Oficial do Estado de São Paulo, em dois volumes de luxo, como a *Senhor* exigia. Essa revista significou um ponto de ruptura entre o design da velha e o da nova imprensa brasileira. Bea Feitler foi a designer que deu cara à revista, jamais igualada depois. Guimarães Rosa, Clarice Lispector e Paulo Francis estavam entre seus colaboradores.

[2] *Crossing Jordan* foi uma série televisiva de grande sucesso no Brasil entre 2001 e 2007. Em cada capítulo, a doutora Jordan Cavanaugh, vivida pela atriz Jill Hennessy, resolvia um intricado caso que chegava ao departamento de autópsias de um hospital de Boston. A morte da mãe de Jill sempre foi um mistério, solucionado num dos últimos capítulos.

Apareceu gente com garrafinhas de plástico vazias, o guia avisou: "lá dentro tem o shopping, você compra a garrafa de água, a garrafa com a terra". Se continuarem a tirar água e terra dessa maneira, Israel vai desaparecer, porque a indústria turística é um de seus fortes. Sim, sei, tem aquela palavra dita pelo Rubem. Dendrólatra. No último dia, a caminho do aeroporto, soubemos o significado. Uma coisa que nós todos, toda a humanidade deveria ser. Significa aquele que respeita e ama as árvores.

(2 de março de 2007)

# Os primeiros aspargos da primavera

PARIS – Manhã de domingo. Choveu a noite toda. Olho pela janela, a cidade está cinza, pouca gente nas ruas. Esta é a Paris dos filmes de Marcer Carné que eu via nas sessões do cine Paratodos e que me faziam sonhar com Michèle Morgan e Françoise Arnoul. Um e outro apressado, um homem com uma cesta de baguetes debaixo dos braços, outro entrega melões e laranjas na *brasserie* da esquina. Imagens da noite de sexta-feira ainda acariciam minha memória. Nessa época demora para escurecer, a noite chega por volta de 22 horas. Telefonamos para Fernando Eichenberg, o Dinho, correspondente do jornal *O Globo*. Ele foi rápido: "Venham para cá. Vou reunir umas pessoas, tomamos um champanhe, depois saímos para jantar". Os acasos se iniciavam.

O gaúcho Dinho, há dez anos em Paris, mora no Boulevard Saint-Germain, a cinco quadras de nosso hotel, o velho Esmeralda, que fica exatamente em cima da livraria Shakespeare And Company, uma das instituições da cidade. Hotel modesto, que frequentamos há anos, a dona, Michèle Bruell, também pintora (a cada Natal enviava um postal desenhado por ela para os amigos, todos clientes). Aos 95 anos, passou o hotel para a neta. Só a localização do Esmeralda vale 500 euros, se quisessem cobrar. Esmeralda, vocês sabem, era a paixão do Corcunda de Notre Dame. Ao abrir a janela, nosso olhar dá com a branca catedral bem à frente.

Compramos uma garrafa de Chablis e levamos. Dinho ainda escrevia seu texto para o jornal de sábado, a tevê estava ligada no torneio de Roland Garros. As janelas da cozinha davam para os telhados e ao fundo a Torre Eiffel. As janelas do outro lado deixavam entrever Notre Dame. Tem gente que, com o trabalho, mora bem no mundo.

Tocam a campainha, vem a primeira surpresa, Lúcia e Luis Fernando Veríssimo, gaúchos como Dinho e portanto pertencentes a uma confraria das boas. Veríssimo tem um apartamento aqui, no bairro Trocadero. Canapés de presunto de Parma correm, o champanhe é aberto. Aqui é champanhe mesmo, nada de Prosecco ou espumante. A campainha outra vez e quando o casal entrou, me emocionei.

Era Maria de Medeiros, a portuguesa, atriz, diretora de cinema e cantora, que vive na França há muito anos. Pequena, olhos claros, cintilantes, o riso aberto, ela acabou de realizar um documentário para a Anistia Internacional. Trabalhou um ano, agora finaliza. Mas à minha frente vi também uma de minhas personagens favoritas na literatura e no cinema, Anaïs Nin, famosa pelos diários que escreveu durante 40 anos e revelam uma época dourada em Paris. Maria de Medeiros foi Anaïs no filme *Henry & June*, de Philip Kaufman, o mesmo que dirigiu com sensibilidade *A insustentável leveza do ser*. Anaïs Nin, nos anos 1930, foi paixão de Henry Miller e teve um caso com a mulher dele, June, na tela vivida pela eletrizante Uma Thurman. Viveram um romance intenso, sensualíssimo, que ela contou em seus *Diários*. Anaïs conviveu com gente como Antonin Artaud, André Maurois, Brancusi, Lawrence Durrel, Otto Rank. Era uma feminista *avant la lettre* e tinha a rebeldia de uma Lou Andreas Salomé ou Frida Khalo.

Meia hora depois caminhamos em direção ao Chez René, bistrô típico parisiense, um pouco fora da zona do turismo bravo, o que é vantagem, não tem americano tentando ler cardápio, nem alemão ruidoso, brasileiro dizendo espaguete, espaguete, nem japonês pedindo Coca-Cola. E quem, avisados por Dinho, já estavam à nossa espera? Marina Colasanti e Affonso Romano de Sant'Anna. Integrada ao grupo, Rita, nossa filha, muito à vontade, discutia música com Maria de Medeiros e Luis Fernando Veríssimo. Não se esqueçam que Veríssimo, além de ser o autor mais lido do Brasil, é músico, toca sax e tem uma banda de prestígio.

Assim, num golpe de magia, Dinho reuniu um grupo de amigos dele, que são amigos entre si e que não se viam há um tempo no Brasil. Agora, esses amigos incluíam Maria de Medeiros e seu marido Agusti. Affonso, Veríssimo e eu temos nos encontrado pelo mundo e pelo Brasil, em conversas literárias. Dessa vez, era puro prazer. Nada de trabalho, apenas conversa jogada fora. O que um viu, o outro, os filmes, as livrarias, a belíssima exposição de Matisse no Beaubourg, a mostra sobre Jack Kerouac, o autor de *On the road*, bíblia de uma geração, cujo filme dirigido por Walter Salles está também sendo exibido aqui. Affonso e Marina vinham de um *tour* de 15 dias pela Alemanha, percorrendo cidades que foram referências de Bach.

Ali estavam juntos, naquela noite de primavera, três escritores brasileiros que têm três mulheres excepcionais. Lúcia é uma doce criatura, engraçada cheia de casos, de histórias divertidas. Se Veríssimo é calado, ela supre o silêncio adoravelmente. Affonso e Marina carregam uma aura de cumplicidade e ternura que se reflete no que escrevem. Quanto a Márcia, minha vida mudou depois dela, mudei eu, minha trajetória, projetos. Naquele acaso, não acaso, essa noite incluiu Maria de Medeiros e o marido Agustí Camps i Salat, cenógrafo catalão. Podia-se sentir o astral que os envolve, ele é um intelectual que também cuida e organiza projetos dela, percebe-se o afeto nos olhares e risos.

Mas como falar da noite sem dizer que tinham chegado os primeiros aspargos da primavera, frescos, imensos, cobertos por uma musseline delicada, rósea, que ressaltava o sabor? A Europa tem disso, as épocas certas para cada coisa e os *chefs* se esmeram. Teve também *uma terrine de campagne* forte, como dizia Affonso. Forte, com seu toque campesino, ou camponês como queiram. Veríssimo, encarregado de escolher o vinho, nem olhou a carta, pediu um Savigny-Les-Beaune 1$^{er}$ Cru. Olhou em volta, contou as pessoas e disse ao garçom: "Traga uma *magnum*". Deixamos duas garrafas exangues sobre a mesa e retornamos à pé. A noite parisiense era perfumada, lua quase cheia, passaram milhares de patinadores ruidosos, era uma espécie de maratona, as pessoas ainda bebiam nos bares, *clochards* se acomodavam. Soubemos, todos, naquele momento, que estávamos felizes.

(Junho de 2012)

# Obras de Ignácio de Loyola Brandão
## publicadas pela Global Editora

*A última viagem de Borges – Uma evocação*

*Acordei em Woodstock – viagens, memórias, perplexidades*

*Bebel que a cidade comeu*

*Cabeças de segunda-feira*

*Cadeiras proibidas*

*Dentes ao sol*

*Depois do sol*

*Melhores contos – Ignácio de Loyola Brandão*
   (seleção e prefácio de Deonísio da Silva)

*Melhores crônicas – Ignácio de Loyola Brandão*
   (seleção e prefácio de Cecilia Almeida Salles)

*Não verás país nenhum*

*Noite inclinada*

*O anjo do adeus*

*O anônimo célebre*

*O beijo não vem da boca*

*O homem que odiava a segunda-feira*

*O verde violentou o muro*

*Pega ele, silêncio*

*Veia bailarina*

*Você é jovem, velho ou dinossauro?*

*Zero*

OBRAS INFANTIS E JUVENIS

*Ignácio de Loyola Brandão – crônicas para jovens*

*Manifesto verde – O presente é o futuro*

*O homem que espalhou o deserto*

*O menino que não teve medo do medo*

*O primeiro emprego*

*O segredo da nuvem*

*Os escorpiões contra o círculo de fogo*

CTP • Impressão • Acabamento
Com arquivos fornecidos pelo Editor

**EDITORA e GRÁFICA**
**VIDA & CONSCIÊNCIA**
R. Agostinho Gomes, 2312 • Ipiranga • SP
Fone/fax: (11) 3577-3200 / 3577-3201
e-mail:grafica@vidaeconsciencia.com.br
site: www.vidaeconsciencia.com.br